MAISEY YATES

Mon précieux scandale

Traduction française de
ÉLISABETH MARZIN

AZUR

HARLEQUIN

Collection : Azur

Titre original :
CROWNED FOR MY ROYAL BABY

HARPERCOLLINS FRANCE
83-85, boulevard Vincent-Auriol, 75646 PARIS CEDEX 13
Service Lectrices — Tél. : 01 45 82 47 47 - www.harlequin.fr
ISBN 978-2-2804-5589-3 — ISSN 0993-4448

Composé et édité par HarperCollins France. Achevé d'imprimer en mai 2021.
par CPI Black Print - Barcelone - Espagne
Dépôt légal : juin 2021.

FSC
www.fsc.org
MIXTE
Papier issu de sources responsables
FSC® C159065

Pour limiter l'empreinte environnementale de ses livres, HarperCollins France s'engage à n'utiliser que du papier fabriqué à partir de bois provenant de forêts gérées durablement et de manière responsable.

1.

Marissa

Je n'oublierai jamais la première fois que j'ai vu le prince Hercules. Un prénom ridicule, plus approprié à un dieu qu'à un homme. Le genre de dieu que mon père aurait qualifié de faux et qu'il m'aurait ordonné d'éviter.

S'il avait su… S'il avait été réellement conscient de mes faiblesses, il m'aurait enfermée à double tour dans ma chambre.

Quelque chose en moi devait savoir.

Parce qu'Hercules était tout de suite devenu un secret. Même quand je me contentais de l'observer de loin.

Dans ma famille les secrets étaient interdits, car avoir un secret revenait à cacher une vérité. Or une vérité qu'on cachait ne pouvait être qu'un péché.

Hercules était devenu très rapidement un péché pour moi.

La première fois que je l'avais vu c'était après le service religieux, sur la petite île de Medland dans le Massachusetts. J'étais descendue au bord de l'eau comme à mon habitude. C'était l'été, et comme tous les ans la haute société avait déjà envahi la petite ville.

L'île vivait du tourisme, l'argent gagné durant les mois d'été permettant à beaucoup d'habitants de subsister tout le reste de l'année. Pendant ces quelques semaines, les plateaux pour la quête dans l'église de mon père étaient nettement plus chargés. Bien sûr, même à seize ans je savais que cet afflux de résidents saisonniers bénéficiait à l'économie, mais ça ne m'empêchait pas de le trouver oppressant.

Je fuyais donc les plages les plus fréquentées pour des criques plus difficiles d'accès.

C'est dans une de ces criques que j'avais vu Hercules pour la première fois.

Il était debout dans l'eau, torse nu, le pantalon remonté jusqu'aux genoux et les jambes baignées par le clapotis.

Il était en compagnie de plusieurs personnes – surtout des femmes – qui s'éclaboussaient en riant, mais il restait impassible. Comme si son visage était sculpté dans le granit.

Ses yeux m'avaient évoqué l'obsidienne. Cette roche noire vitreuse qui réfléchit et absorbe en même temps la lumière. J'avais tout de suite pensé que je pourrais me perdre dans ces yeux.

Dans ces ténèbres.

Mon père m'avait appris à fuir les ténèbres, mais ses yeux avaient un éclat qui me fascinait. C'était comme si je venais de découvrir une créature dont je n'aurais pas eu le droit de connaître l'existence.

Il semblait perdu dans ses ténèbres mystérieuses.

Mais soudain une des femmes lui avait touché le bras, et son visage s'était illuminé d'un sourire qui a paru éclipser le soleil. Aussitôt j'avais été submergée par un sentiment inconnu qui m'avait fait tressaillir et m'avait laissé un goût amer.

Je m'étais enfuie.

Mais le lendemain, après le service, j'étais revenue au même endroit. Il était là. Les pieds au sec, cette fois.

Et il m'avait vue.

— Allez-vous me dévisager toute la journée ?

— Ce n'est pas vous que je regardais, c'est le paysage.

— Je vous ai vue hier, avait-il poursuivi d'un ton indiquant qu'il n'en croyait pas un mot. Vous vous êtes sauvée.

— Parce que je savais que mon père allait se demander où j'étais passée. Vous n'étiez pas à l'église, aujourd'hui ?

Question idiote. Je savais qu'il n'y était pas. Je l'aurais remarqué. S'il avait été présent, il aurait été le point de mire de toute l'assemblée.

— Non, avait-il répondu en riant. Je trouve préférable de suivre mon culte personnel en plein air. Et vous ?

— Mon père est le pasteur. Si je n'allais pas à l'église, j'aurais des ennuis.

— Et s'il vous trouvait ici, en auriez-vous aussi ?

Il était encore plus beau de près. Heureusement, ce jour-là il n'était pas torse nu. Sinon, j'aurais sans doute expiré sur place. C'était une erreur de ma part, je le savais, de le dévorer des yeux comme je le faisais. Surtout le triangle de peau à la base de son cou, dévoilé par le col ouvert de sa chemise.

J'avais conscience d'être immorale.

L'avidité avec laquelle je détaillais ses traits ciselés en était la preuve, mais je ne pouvais pas m'empêcher de continuer. Et ça ne me donnait même pas mauvaise conscience.

Cette mâchoire carrée, cette bouche sensuelle, ces yeux noirs et pénétrants… Son visage me semblait familier, sans que j'arrive à le situer.

— Sans doute, avais-je répondu. Je suis censée éviter de parler aux estivants. La plupart de ceux qui fréquentent la région sont des gens importants. Et puis ils… ils ont une certaine réputation.

— Une réputation de libertins, vous voulez dire ?

Il avait eu un sourire malicieux et j'avais senti mes joues s'enflammer.

— Je suppose que oui…

— Malheureusement, j'appartiens à ces deux catégories. Vous devriez vous sauver.

— D'accord.

Avec la docilité qui m'avait été inculquée depuis toujours, j'avais aussitôt tourné les talons.

— Faites-vous toujours ce qu'on vous dit ?

Je m'étais retournée.

— Je… Oui.

— Vous devriez perdre cette habitude et plutôt réfléchir à ce dont vous avez envie.

— Sans doute trouver un travail ici. Me marier.

Le seul fait de prononcer ce mot devant lui m'avait rendue nerveuse. Il avait arqué les sourcils.

— C'est vraiment ce dont vous avez envie ?

Il me fixait avec une intensité qui me laissait perplexe. Pourquoi un homme comme lui regarderait-il une fille comme moi de cette manière ? Ça me dépassait. Mais bien sûr, je ne savais pas exactement ce que signifiait ce regard. Je ne parlais jamais aux hommes en dehors de ceux rencontrés à l'église. Et encore, ça se limitait à quelques plaisanteries échangées dans la rue.

Nous ne nous connaissions même pas. J'ignorais son nom et il ignorait le mien. C'était quelqu'un de très important, et il reconnaissait être libertin. Malgré ça, j'étais restée là à lui parler. Clouée sur place par son regard pénétrant.

— Je n'y ai jamais réfléchi, avais-je avoué après une hésitation.

— Eh bien, faites-le. Et revenez me voir.

Les jours suivants je ne l'avais pas vu, mais de toute façon j'avais beaucoup de travail. J'étais scolarisée à domicile et mes parents n'étaient pas partisans des vacances, même en été. À seize ans j'étais sur le point d'obtenir mon diplôme de fin d'études secondaires, mais qu'allais-je en faire, je l'ignorais. J'avais juste envisagé de partir quelque temps à l'étranger pour une mission humanitaire, projet que mes parents approuvaient chaleureusement.

Le samedi j'étais retournée à la crique le cœur battant. Allais-je retrouver l'homme mystérieux ? Il n'était pas là.

Mais le dimanche je l'avais revu.

— Vous avez réfléchi à ce dont vous aviez envie ?

Je l'avais regardé sans rien dire. Non. Je n'y avais pas réfléchi un seul instant. Je n'avais pensé qu'à lui.

Ça avait été le point de départ d'une étrange amitié. Quand il était seul nous discutions. De tout et de rien. Pas de nous mais du monde. Il était allé partout et moi nulle part, ce qui nous amusait tous les deux. Nous n'avions jamais échangé nos prénoms mais il m'avait donné un coquillage en me disant que la volute centrale lui rappelait mes boucles de cheveux. Je l'avais mis dans une boîte que j'avais cachée sous mon lit.

À la fin de l'été, j'avais été accablée de tristesse. Il était parti et le monde était devenu gris. C'était stupide de pleurer un homme qui était vivant. Un homme dont je ne connaissais même pas le nom de famille… Pourtant, j'étais comme en deuil.

Un jour au milieu de l'hiver, à l'épicerie, une photo à la une d'un tabloïd avait attiré mon regard. C'était lui. Une femme très belle était à son bras et son nom s'étalait au-dessus de la photo. Comment avais-je pu être aussi stupide ? Mais mon père m'ayant interdit de lire ce genre de journaux, j'évitais de regarder les couvertures quand je faisais la queue à la caisse. J'avais donc des raisons de ne pas avoir découvert plus tôt qui était mon ami du bord de mer.

Quelqu'un d'important, en effet.

Un prince.

Le prince Hercules Xenakis de Pelion, un des play-boys les plus en vue de la planète.

Cette nuit-là j'avais pris la boîte sous mon lit et j'avais regardé le coquillage en me disant qu'il fallait que je m'en débarrasse.

Il ne reviendrait plus sur l'île. C'était certain.

Je ne le reverrais plus. Notre rencontre – notre amitié – avait été un hasard extraordinaire et je n'étais rien pour lui.

C'était une évidence. Comment une vulgaire collégienne pourrait-elle intéresser un des hommes les plus riches et les plus convoités du monde ? Nul doute qu'il ne se souvenait même pas de moi.

Je n'avais pas pu me résoudre à jeter le coquillage.

L'été était revenu, amenant avec lui mon anniversaire et le flot de résidents saisonniers.

Dont le prince Hercules.

En le voyant sur la plage le dimanche après-midi, je m'étais fait la leçon. Pas question de sourire béatement. J'avais été incapable de m'en empêcher, bien sûr. Et il m'avait rendu mon sourire.

— Vous êtes toujours ici, avait-il dit en enfonçant les mains dans ses poches.

— Je vis ici. Ça n'a donc rien d'étonnant. Vous, vous êtes revenu.

J'avais baissé la tête avant d'ajouter :

— Vous êtes un prince.

— Ah, vous avez découvert mon secret.

J'avais cru déceler une note de regret dans sa voix.

— Je ne vois pas comment ça pourrait être un secret, étant donné que vous faites souvent la couverture des journaux.

À cet instant il avait effleuré mon menton. J'avais relevé la tête et mon regard avait rencontré le sien. J'avais eu le souffle coupé.

— Ça change quelque chose ? avait-il demandé.

Je l'avais regardé avec stupéfaction.

— N'est-ce pas inévitable ?

— Je ne pense pas. Moi je savais que j'étais un prince. Et votre ignorance faisait partie des raisons pour lesquelles j'aimais bien passer du temps avec vous.

J'avais gardé cette révélation dans mon cœur. Il m'aimait bien. Et il ne me trouvait pas stupide.

La semaine suivante, je lui avais dit mon nom.

— Je m'appelle Marissa. Je vous le précise parce que je connais le vôtre.

— Oui. Un nom difficile à utiliser dans la conversation, vous ne trouvez pas ?

— En effet, mais je suppose que la plupart des gens s'adressent à vous en vous donnant votre titre.

— C'est vrai. Mais je préférerais que vous, vous évitiez.

— Vous voulez que je vous appelle Hercules ?

Prononcer son nom m'avait fait un effet très étrange. Et pas seulement parce qu'il était étranger.

Il a souri.

— Oui.

— D'accord.

Je savais qu'il était plus âgé, plus riche et plus expérimenté que moi. Inaccessible à tout point de vue, donc. Mais à cet instant, devant le sourire qui éclairait son visage, j'étais tombée amoureuse de lui.

Il m'avait donné un autre coquillage. Mon cœur s'était gonflé de joie à l'idée que peut-être il éprouvait quelque chose pour moi.

Après son départ à la fin de l'été, je n'avais pas pu m'empêcher de guetter les couvertures des journaux. Ce qui m'avait bien entendu rendue malade parce que sur les photos il n'était jamais seul. Or s'il avait partagé ne fût-ce qu'une infime parcelle de mes sentiments, il n'aurait jamais pu fréquenter aucune autre femme. J'avais quand même acheté un magazine, au risque d'avoir de gros ennuis si mon père le trouvait. Je l'avais rangé dans la boîte des coquillages tout en culpabilisant. Désormais, j'avais vraiment des secrets.

Désormais je ne faisais plus ce qu'on me disait de faire.

Je faisais beaucoup de choses à cause d'Hercules.

Une fois mon diplôme de fin d'études secondaires obtenu, je n'avais plus envie de partir en mission humanitaire. Comment aurais-je pu quitter l'île alors qu'il allait revenir ?

J'avais expliqué à mes parents que je voulais travailler, et j'avais trouvé un emploi dans un café, le Snowy Owl.

À partir de ce moment-là, j'avais commencé à vivre essentiellement pour le dimanche.

Personne n'aurait eu l'idée de me demander de travailler le dimanche, parce que mon père l'aurait interdit. Mais si ça m'arrangeait, c'était uniquement à cause de *lui*. Hercules.

— Vous êtes de retour, lui avais-je dit quand je l'avais revu.

J'avais dix-huit ans et je brûlais d'une fièvre étrange. Je me sentais plus sûre de moi. Comme si la barrière entre nous n'était plus infranchissable. Oh ! bien sûr, il y avait ce titre de prince. Et aussi le fait qu'il passait l'année à parcourir le monde en jet privé en compagnie de top models. Mais j'étais une femme à présent. Et j'avais le sentiment que ça changeait tout.

— Bien sûr, avait-il répondu.

— J'en suis heureuse.

— Moi aussi.

Il m'avait pris la main.

— Si nous allions nous promener ?

— D'accord.

Pour la première fois de ma vie, je me promenais main dans la main avec un homme. Ses doigts étaient chauds et j'avais l'impression que mon cœur allait bondir hors de ma poitrine tant il battait vite. De son côté, il ne semblait pas affecté le moins du monde. Mais il ne lâchait pas ma main et c'était déjà ça.

C'était lors d'un de ces dimanches après-midi qu'il m'avait embrassée.

J'avais eu l'impression que mon corps prenait feu. Tout ce que je ressentais on m'avait appris à l'identifier comme un péché, mais c'était beau et ça venait d'Hercules. Alors au lieu de fuir j'avais noué les bras sur sa nuque et je lui avais rendu son baiser.

Au fil des dimanches après-midi, ses baisers étaient devenus de plus en plus familiers. Comme le contact de son corps contre le mien et celui de ses bras puissants et musclés quand ils se refermaient sur moi avec une grande douceur.

J'aurais voulu lui dire qu'il n'était pas obligé de brider cette force, mais je n'avais pas les mots. Je n'avais pas le vocabulaire nécessaire pour exprimer ce que je ressentais.

— Peux-tu me retrouver ce soir ?

J'en mourais d'envie, bien sûr. Mais si mon père découvrait mon absence sa colère serait terrible…

« Faites-vous toujours ce qu'on vous dit ? »

Cette question qu'il m'avait posée le premier été avait surgi dans mon esprit. Non. C'était terminé. Je ne faisais plus ce qu'on me disait.

Je ne vivais plus que pour lui.

Avais-je une chance de l'épouser et de devenir une princesse ? Je ne me posais même pas la question. Je ne pensais jamais à l'avenir. Ce qui se passait en dehors de nos rencontres était insignifiant. Tout ce qui comptait c'était le temps passé en sa compagnie. Alors comment résister à l'envie de le prolonger ? D'autant plus que c'était sa dernière soirée. Il était obligé de partir le lendemain pour des raisons professionnelles.

— Oui, avais-je répondu avec résolution.

Quelques heures plus tard j'étais sortie par la fenêtre de ma chambre et je l'avais retrouvé sur la plage, à l'endroit habituel, sous les étoiles. Il avait apporté une couverture et une bouteille de vin. N'ayant jamais bu d'alcool, j'avais refusé le vin. Mais je m'étais enivrée de ses caresses et de ses baisers.

Je lui avais donné ma virginité avec enthousiasme et nous nous étions abandonnés sans réserve à la passion qui nous dévorait. C'est seulement plus tard que j'avais pris conscience de ce qui s'était passé. Nous avions oublié de prendre des précautions.

Le lendemain, comme prévu, il n'était plus là.

Et trois semaines plus tard mes craintes s'étaient confirmées.

Ce qui m'angoissait le plus c'était la perspective d'informer mes parents. Mais avant tout, il fallait que j'arrive à joindre Hercules.

J'avais trouvé le numéro du palais royal de Pelion et j'avais laissé un message. Sans résultat.

J'avais rappelé. Plusieurs fois.

En désespoir de cause, j'avais fini par expliquer au standard qu'il fallait absolument que je joigne le prince Hercules parce que j'étais enceinte de lui.

Le lendemain, des hommes en costume noir étaient arrivés au café où je travaillais.

Ils m'avaient emmenée dans le bureau du directeur pour me dire que je ne devais plus jamais chercher à prendre contact avec le prince Hercules. Puis ils m'avaient expliqué que si j'acceptais de signer des documents par lesquels je m'engageais ne jamais révéler l'identité du père de mon enfant, je recevrais assez d'argent pour pouvoir vivre très confortablement jusqu'à la fin de mes jours.

Mon cœur s'était brisé. J'avais jeté les papiers et j'étais partie en courant. J'avais couru, couru jusque chez moi, le visage ruisselant de larmes. Aussitôt arrivée, j'avais avoué mon secret à mes parents.

Le visage de mon père était devenu de pierre. Il m'avait demandé si j'avais l'intention d'épouser rapidement le père de mon enfant. Je lui avais répondu que c'était impossible parce qu'il m'avait abandonnée.

Mon père n'avait pas eu besoin de prononcer un mot. Son expression était suffisamment éloquente. Il m'avait prévenue. Et j'avais failli. J'étais immorale, comme tant d'autres. Après un long silence glacial, il avait simplement dit qu'il était hors de question que je reste sous son toit en état de péché.

J'étais ressortie de la maison d'un pas chancelant.

Les hommes en costume m'attendaient juste devant.

Ils avaient ouvert la portière de la limousine et m'avaient enjoint de monter. J'avais obéi. Anéantie, j'étais redevenue docile.

— Qu'exige-t-on de moi ?

Il n'y avait pas la moindre compassion dans leur regard.

— Que vous restiez éloignée de Medland pendant au moins cinq ans, avait répondu l'un d'eux. Que vous n'alliez jamais à Pelion. Et que vous ne tentiez jamais de joindre le prince Hercules. Si vous prenez ces engagements, l'argent est à vous.

Il m'avait tendu une feuille en m'indiquant la somme qui y était inscrite. Ma vue s'était brouillée. Je n'aurais plus besoin de travailler et mon enfant ne manquerait jamais de rien. Étant donné que j'étais à la rue, c'était un détail pour le moins important.

Mais je ne pensais qu'à une chose.

— Combien de documents de ce genre avez-vous été obligés de faire signer pour lui ?

— Toutes les affaires concernant le palais sont strictement confidentielles.

Il était devenu impossible d'ignorer plus longtemps la triste vérité. J'avais été dupée par un séducteur sans scrupule. S'il s'était montré patient ce n'était pas parce qu'il tenait à moi. Il avait juste attendu que je sois majeure. Puis il m'avait envoyé des inconnus pour se débarrasser de moi. Il m'avait enlevé ma dignité en transformant en histoire sordide et terriblement banale ce qui de ma part avait été un cadeau précieux.

Oui, je me souvenais très bien de la première fois que j'avais vu Hercules Xenakis.

Elle avait marqué la première étape de la fin de ma vie de jeune fille.

Mais ma vie je l'avais reconstruite ailleurs et j'en avais fait quelque chose de beau. Elle était entièrement consacrée à notre fille. À *ma* fille.

Aujourd'hui, les cinq années d'exil auxquelles je m'étais engagée étant terminées, j'étais de retour à Medland pour rendre visite à ma mère. Et la rumeur m'a appris qu'Hercules était là. Pour ses fiançailles.

J'ai décidé d'aller me promener.

Bien entendu, mes pas m'ont conduite à l'endroit où j'avais le plus de chances de le voir.

Il était là, en effet. Sur la terrasse du country club qui donnait sur la mer. En compagnie d'une femme arborant une bague géante qui scintillait à son doigt. Je savais qui c'était, bien sûr. Je n'évitais pas les titres le concernant. Je ne les recherchais pas non plus. Je refusais de me rendre de nouveau malade à cause de lui. Plus jamais ça.

Mais je connaissais le visage de sa fiancée.

Bien sûr, une question s'imposait. Pourquoi étais-je venue à Medland ? Parce que je désirais me réconcilier avec ma mère à présent que mon père était mort, ou bien parce que j'espérais apercevoir Hercules ?

Parce qu'il fréquentait toujours l'île.

Mais il était avec elle.

Au fil des ans, il y avait eu de nombreuses « elles ». Je m'étais forcée à toutes les regarder et à imaginer les mensonges qu'il leur racontait.

Mais en voir une en personne…

J'avais la nausée. J'ai regretté de ne pas avoir emmené Lily. Elle aurait distrait mon attention.

Non.

J'avais eu raison de la laisser chez ma mère.

Il était hors de question qu'il risque d'apercevoir Lily. Pourquoi aurait-il le droit de contempler le petit miracle que nous avions créé ? Il n'avait pas voulu d'elle. Il ne méritait pas de la voir. Même de loin.

Tout à coup il s'est retourné, comme si une main invisible lui avait tapoté l'épaule. Son regard a rencontré le mien.

Et j'ai vu briller dans ses yeux une haine féroce.

2.

Hercules

Marissa. Le temps s'est arrêté. Puis j'ai été transporté dans le passé. Jusqu'aux trois années les plus étranges de ma vie.

Trois étés vécus dans l'obsession d'une petite brune toute jeune qui ne savait même pas qui j'étais lors de notre première rencontre. C'était ça qui m'avait intrigué au début. Les femmes avaient toujours recours à toutes sortes de ruses pour m'approcher. Pour pénétrer dans ma sphère privée avec l'espoir d'en tirer un avantage quelconque. Pas elle.

Oh ! bien sûr, au début je n'avais pas cru à l'innocence que semblaient exprimer ses yeux de biche. J'avais attendu tout l'été l'instant où elle dévoilerait son jeu. Mais cet instant n'était jamais venu.

Nous avions de longues conversations et j'en étais le premier surpris. Je ne me souvenais pas avoir déjà autant parlé à quelqu'un.

Nous ne nous étions pas présentés, et si elle savait que j'étais Hercules Xenakis, prince de Pelion, elle n'en avait rien laissé paraître.

Au début, c'était comme un jeu. J'étais depuis toujours un des hommes les plus connus de la planète. L'anonymat était une nouveauté qui m'amusait beaucoup.

Mais peu à peu j'avais commencé à éviter tout le monde

le dimanche après-midi pour pouvoir retrouver discrètement la fille du pasteur.

Je ne pouvais plus me passer de nos rencontres.

J'étais obsédé par son sourire. Par ses yeux. Par les reflets du soleil dans ses cheveux, qui créaient un halo doré autour de son visage. Comme si elle était un ange.

N'ayant pas l'habitude de me livrer à l'introspection, je ne me demandais pas pourquoi elle me fascinait à ce point. C'était une collégienne, et ce premier été nos conversations étaient restées innocentes.

L'été suivant les choses avaient changé.

La façon dont elle me regardait, l'éclat de ses yeux… Je savais qu'elle ne comprenait pas ce qui était en train de se passer entre nous. Ce qui aurait dû m'inciter à garder mes distances.

Cependant, il ne m'est jamais venu à l'esprit de me priver de ce divertissement.

Ma première erreur. Dont j'ai compris par la suite que c'était une faiblesse.

Le genre de faiblesse que mon père m'avait appris à combattre dès mon plus jeune âge.

Selon lui, un homme devait être capable de tout endurer sans un soupçon d'émotion. N'importe quelle souffrance, n'importe quelle trahison. Même si un ennemi torturait son enfant devant lui pour l'obliger à révéler des secrets, il devait rester muet.

Mon père m'avait d'ailleurs entraîné à supporter la torture physique.

Sans hésiter à me mettre lui-même à l'épreuve si nécessaire.

En revanche, dès mes quinze ans il m'avait encouragé à ne pas refréner mes désirs dans ma vie privée. C'était une question d'équilibre, m'avait-il expliqué. Assouvir sa soif d'alcool et de femmes en temps de paix permettait à un homme d'être plus fort en temps de guerre. De devenir l'arme la plus cruelle et la plus efficace quand le moment était venu de se battre.

La seule chose que devait redouter un dirigeant c'était sa propre faiblesse. C'était le credo de mon père, qui gouvernait Pelion avec une main de fer et dirigeait sa vie de la même manière.

Voilà pourquoi il avait commencé à me préparer très tôt à lui succéder sur le trône le moment venu.

Le fils du roi Xerxes ne pouvait pas être faible. Ni de cœur, ni d'esprit, ni de corps.

Mais une petite brune que je retrouvais sur la plage pour bavarder pouvait-elle constituer une menace ? J'étais persuadé que non.

Mon éducation avait endurci mon cœur et j'excellais dans mon rôle de play-boy international que rien ne pouvait atteindre.

Tout en veillant dans la coulisse, à ce que mon père ne nuise pas au pays. Et à ce qu'il ne fasse pas de mal à ma mère.

Qui fuyait le palais dès qu'elle le pouvait.

Enfant, j'avais souffert qu'elle me laisse entre les mains de mon père. Je redoutais les séances de torture, bien sûr, mais ce qui me minait le plus pendant les longues périodes où je restais enfermé dans le palais c'était la solitude.

Dans ces moments-là, ma mère me manquait terriblement.

Mais quoi de plus vain que les regrets ?

Mon père avait fait de moi une arme. Et cette arme était déterminée à se retourner contre lui.

Je me serais rebellé plus ouvertement si je n'avais pas eu la certitude que cela entraînerait des représailles farouches contre ma mère et ma sœur.

Pour les protéger, j'avais élaboré des plans dont la mise en œuvre exigeait de la patience. Il n'y avait donc pas de place dans ma vie pour une roturière qui risquerait de tout compromettre.

En collaboration avec le Conseil de Pelion je préparais

mon accession au trône. Selon une loi jamais appliquée jusque-là, après le soixante-dixième anniversaire du souverain régnant, le prince héritier pouvait lui succéder à la condition d'avoir lui-même un héritier.

C'était une procédure délicate qui risquait de provoquer des troubles dans le pays, or je n'avais aucune envie de déclencher une guerre civile. Par conséquent, je devais jouer serré.

J'avais déjà franchi un grand pas en réussissant à obtenir l'accord de principe de mon père. Il était prêt à me céder le trône après son soixante-dixième anniversaire à condition que de mon côté j'aie rempli mes obligations. L'une d'entre elles étant d'épouser une femme qu'il jugerait appropriée. Il me faudrait par ailleurs gagner la faveur du peuple. Pour cela je devais épouser une femme native de Pelion, issue de la haute société et jouissant d'une grande popularité.

J'avais tout prévu, tout organisé, il ne restait plus qu'à faire preuve de patience.

Sauf que dans ma grande stupidité je commençais à négocier avec moi-même. Un été avec Marissa avait été suivi d'un deuxième. Au cours du troisième, nous avions été emportés par une passion si brûlante qu'elle avait effacé le souvenir des femmes que j'avais connues avant elle.

J'avais été obligé de partir pour retourner à Pelion, où je m'étais persuadé que cette femme valait la peine de renoncer à l'accord que j'avais conclu avec la fille d'un politicien.

Mais quand j'étais revenu à Medland, elle avait disparu. Aucune trace d'elle. Nulle part. J'étais allé frapper à la porte de ses parents. Son père, glacial, m'avait juste dit qu'elle était partie. Se serait-elle engagée dans la mission humanitaire dont elle m'avait parlé le premier été ? Il m'avait pourtant semblé que sa dévotion religieuse avait laissé place au culte de mon corps.

Au comble de la frustration, j'avais chargé mon équipe de sécurité de la retrouver. Sans succès.

Elle m'avait abandonné.

La femme pour laquelle j'avais été prêt à rompre un engagement de la plus haute importance s'était évanouie dans la nature.

C'était la première fois de ma vie que quelqu'un avait osé me faire un tel affront.

Le choc avait été violent et m'avait profondément déstabilisé.

Mais j'avais repris le dessus. Je m'en étais remis.

Sauf que dès l'instant où je l'ai revue après toutes ces années, j'ai dû me rendre à l'évidence. Non. En réalité, je ne m'en étais pas remis du tout. Cependant, mon état d'esprit avait évolué.

Sur le coup, j'avais beaucoup souffert. À ma grande surprise, puisque je me croyais totalement insensible. Mais par la suite, cette souffrance avait laissé place à une rage qui m'avait permis de me ressaisir. Et de retrouver ma lucidité.

Comment avais-je pu me laisser détourner de mon objectif ? C'était inacceptable.

Fort de cette conviction, j'étais rentré à Pelion pour m'engager définitivement envers ma future épouse.

Aujourd'hui, cinq ans plus tard, nos longues fiançailles venaient d'être officialisées lors d'une grande réception, deux semaines avant le mariage. Tout avait été mis en suspens pendant quelques années jusqu'à ce que Vanessa, ma fiancée, soit prête. J'avais accepté cette attente, conscient qu'en toutes circonstances il était judicieux d'éviter la précipitation.

L'expérience m'avait appris que celle-ci était dangereuse. Autrefois, à cause de l'impatience fébrile dans laquelle j'étais à cause d'une femme, j'avais failli tout gâcher. Je m'étais juré que ça ne se reproduirait plus jamais.

Une résolution que j'ai oubliée dès que j'ai vu Marissa.

Or dès que nos regards se sont croisés, elle a fait la même

chose que le premier jour. La même chose que la toute première fois où je l'avais vue sur la plage de Medland.

Elle s'est enfuie.

— J'ai quelque chose à régler, ai-je dit à ma fiancée.

— Quoi donc ? a demandé distraitement Vanessa.

Son attention était concentrée sur les gens qui se pressaient sur la terrasse. Moins pour les voir que pour vérifier par qui elle était vue.

Nous avions conclu un arrangement fondé sur l'intérêt personnel de chacun. Elle ne se préoccupait pas plus de mes allées et venues que je ne m'intéressais aux siennes.

Elle a calé ses cheveux blonds derrière son oreille, faisant scintiller sa bague au soleil.

— Si je tarde à revenir, demande à l'équipe de sécurité de te raccompagner à la maison, ai-je éludé.

— Très attentionné de ta part.

Elle m'a souri, toujours consciente que nous pouvions être photographiés à tout instant. Une bonne chose, parce que de mon côté je n'y pensais pas du tout. J'ai quitté la terrasse au pas de charge et j'ai pris la direction dans laquelle Marissa était partie. J'avais eu le temps de la voir disparaître à un coin de rue.

Allait-elle chez ses parents ? Pendant des mois j'avais fait procéder à des vérifications régulières par le service de sécurité du palais. On m'avait toujours affirmé qu'elle ne s'y trouvait pas.

Mais aujourd'hui elle était à Medland. Visiblement, quelque chose avait changé.

Mais qu'étais-je en train de faire ? N'était-il pas ridicule de ma part de pourchasser un fantôme du passé le soir de mes fiançailles, en tenue de soirée ? Cette pensée m'a effleuré mais je l'ai aussitôt chassée de mon esprit. En tant que prince de Pelion, j'étais habitué à ce que mon opinion ait du poids. Or j'avais le sentiment que retrouver Marissa était plus important qu'il n'y paraissait.

Par conséquent, c'était important.

Quelque chose me disait qu'en raisonnant ainsi je ressemblais un peu trop à mon père, mais je ne m'y suis pas arrêté.

J'étais trop occupé à me demander pourquoi Marissa avait pris une telle importance à mes yeux, alors que j'avais eu des tas d'autres maîtresses.

En réalité, je connaissais la réponse. Elle avait réussi à s'insinuer sous ma cuirasse et à déclencher en moi des réactions inhabituelles. Jamais aucune autre femme ne m'avait fait un tel effet. À cause d'elle j'avais remis en question le but de ma vie, la base même sur laquelle avait été construite toute mon existence.

À cause d'elle j'avais failli compromettre le projet que j'avais élaboré pour sauver mon pays.

J'avais failli prendre le risque d'épouser une roturière. Une femme qui n'aurait pas été approuvée par le peuple et qui n'aurait rien pu apporter au trône. Si bien que mon père aurait refusé d'abdiquer en ma faveur et qu'il serait resté au pouvoir bien au-delà de son soixante-dixième anniversaire. Parce que mon père était trop cruel pour mourir. Beaucoup trop pervers pour faire une chose aussi banale que rendre l'âme.

Pour comble, cette femme m'avait laissé tomber. Si j'étais rentré dans le droit chemin ce n'était pas parce que j'étais revenu à la raison, c'était parce qu'elle était partie. Une vérité qui me mettait en rage et me fascinait à la fois. Voilà pourquoi j'étais en train de la poursuivre dans les rues de Medland.

Ses parents habitaient une petite maison de style saltbox au revêtement extérieur en bois, comme toutes celles de la rue. J'ai traversé la pelouse, prêt à entrer sans frapper. Parce qu'un prince ne frappe pas aux portes, il les ouvre. Mais au dernier moment je me suis ravisé. Dans un éclair de lucidité, j'ai pris conscience qu'il valait sans doute mieux faire preuve d'un minimum de courtoisie. Après tout, je ne savais pas si ses parents vivaient toujours dans cette maison ni si c'était bien là qu'elle s'était rendue.

J'ai frappé un coup sec et j'ai attendu.

La porte s'est ouverte sur une femme d'un certain âge, qui avait les mêmes yeux que Marissa. Que j'ai aperçue derrière elle juste avant qu'elle batte en retraite. Après avoir jeté un coup d'œil par-dessus son épaule, la femme a demandé :

— Vous désirez ?

— Je pense que vous connaissez aussi bien que moi la raison de ma présence.

— Non, désolée. Je suis seule dans cette maison.

— Je suis ici pour votre fille.

— Eh bien, elle n'est pas là pour vous. Comment osez-vous venir frapper à cette porte ?

Personne, à part mon père, ne m'avait jamais parlé sur ce ton. Cette femme, qui m'arrivait à peine au milieu du torse, semblait mourir d'envie de m'arracher la tête.

— Allez-vous marier et laissez-nous tranquilles.

— J'ai des questions à poser à Marissa.

— Elle n'a rien à vous dire. Sinon, elle vous aurait ouvert elle-même. Ma fille est forte. C'est à cause de vous qu'elle s'est endurcie. Vous n'êtes pas le bienvenu ici.

— Je suis désolé, mais je me vois dans l'obligation d'insister.

J'ai fait un pas en avant, l'obligeant à s'écarter. Mes pas ont résonné sur le plancher en bois et Marissa a surgi de la pièce voisine.

Bon sang qu'elle était belle.

Encore plus que la dernière fois que je l'avais vue. C'était déjà une femme à l'époque, mais elle… elle était encore plus femme. Elle s'était épanouie…

Ses courbes étaient plus pleines mais ses joues moins rondes, ce qui mettait en relief ses pommettes. Ses cheveux bruns étaient longs, bouclés aux extrémités, et légèrement ébouriffés. La première fois que je l'avais vue, j'avais pensé qu'elle ressemblait à une secrétaire d'église.

Ce n'était plus du tout le cas.

Il y avait une pointe de sophistication dans sa tenue, même si celle-ci restait simple et n'était pas destinée à attirer l'attention. Par ailleurs elle était maquillée, contrairement à toutes les fois où je l'avais vue auparavant.

J'en ai été très contrarié. J'ai eu envie d'effacer les fards sur son visage, comme j'avais envie d'effacer les années. De revenir à une époque où la vie avait pour moi un sens qu'elle n'avait jamais eu auparavant.

Où mon univers se résumait à une plage déserte et à cette femme.

Mais à cette époque j'étais dans l'erreur, me suis-je rappelé. Je me trompais sur tout. Il n'y avait donc aucune raison de remonter le temps.

Ni de regretter le passage des années.

— Comment oses-tu ? s'est-elle exclamée. Ma mère t'a demandé de partir.

— Et j'ai refusé.

J'ai fait un pas vers elle.

— As-tu oublié qui je suis, Marissa ?

— Depuis cinq ans ? Presque, oui. Ton nom n'a jamais franchi mes lèvres, Hercules. C'est la première fois aujourd'hui depuis tout ce temps. Je le jure.

Ses mots étaient durs, son attitude distante. Elle n'avait rien à voir avec la jeune femme que j'avais connue autrefois. Mais je la croyais.

— Je veux savoir où tu étais partie.

La confusion s'est peinte furtivement sur son visage, puis elle s'est exclamée d'un ton indigné :

— Tu veux savoir où j'étais partie ?

De toute évidence, elle était furieuse. Mais pourquoi ? Elle n'avait aucune raison d'être en colère contre moi.

C'était elle qui était partie. Et j'avais eu beau me torturer l'esprit à essayer de comprendre pourquoi, je n'avais jamais réussi. Certes, j'étais retourné à Pelion en la laissant à Medland. Mais j'étais persuadé qu'elle avait compris que je reviendrais. Ce que j'avais fait.

C'était elle qui m'avait abandonné. Et aujourd'hui, j'étais convaincu que c'était pour le mieux. Alors pourquoi étais-je toujours bouillonnant de rage ?

J'ai entendu des pas dans l'escalier. J'ai levé les yeux et j'ai vu une petite fille qui descendait les marches par petits bonds qui agitaient ses boucles brunes. Je me suis figé. Je ne suis pas le genre d'homme à croire aux prémonitions. Je ne crois qu'à ce qui peut se voir et se toucher. Pourtant, à cet instant j'ai senti comme un souffle surnaturel m'effleurer.

Et quand cette enfant m'a regardé, quand ses yeux chocolat ont rencontré les miens, mon âme l'a reconnue.

Je connaissais cette petite fille. Moi qui n'avais jamais eu de contact avec aucun enfant, j'ai été saisi par une vive émotion. La certitude qu'un lien indestructible m'unissait à cette enfant.

La regarder revenait à regarder dans un miroir. Je reconnaissais son visage parce que c'était le mien. Même s'il était plus petit, plus rond, et angélique comme le mien ne l'avait sûrement jamais été.

J'ai regardé Marissa et j'ai vu qu'elle était pâle comme un linge.

— Tu peux m'expliquer à quel jeu tu joues ?

3.

Marissa

Le visage pétrifié d'Hercules m'a plongée dans une immense perplexité. À quoi m'attendais-je ? Ne m'étant pas préparée à cet instant, je l'ignorais. J'avais toujours refusé d'envisager qu'il pose un jour les yeux sur Lily. Mon unique préoccupation avait toujours été de protéger ma fille. Hercules ne méritait pas de voir quelle merveilleuse enfant nous avions créée. Parce qu'il l'avait rejetée. En achetant mon silence, il l'avait vendue avant même qu'elle vienne au monde.

Sauf que son expression n'était pas celle d'un homme insensible. Non. Son visage exprimait… le saisissement. Comme s'il avait été frappé par la foudre. Pourquoi ? Quelque chose clochait dans son attitude. Je l'avais déjà vu perdu dans ses pensées, indifférent à tout ce qui l'entourait, le premier jour sur la plage.

Je l'avais vu sourire.

Je l'avais vu rire.

J'avais vu son visage métamorphosé par le plaisir.

Mais jamais je ne l'avais vu ainsi. Sa peau était d'une pâleur de cire et son regard hébété.

Soudain, la colère a altéré ses traits. Une colère terrible. Et pour la première fois j'ai trouvé qu'il ressemblait plus à un homme qu'à un dieu.

— Explique-moi, a-t-il intimé d'une voix dure.

Ma mère l'a regardé, puis elle m'a regardée à mon tour d'un air désemparé.

Elle avait fait beaucoup d'efforts pour renouer les liens rompus par mon père. Au fil des ans elle était venue nous voir plusieurs fois en cachette, Lily et moi. Et même si j'ai beaucoup de mal à l'admettre, la mort de mon père m'a apporté un certain soulagement. Parce qu'elle m'a permis de retrouver ma maison d'enfance et que ma mère et moi n'avions plus besoin de recourir à des subterfuges pour nous voir.

Elle me soutenait, et par moments je me demandais si elle ne m'enviait pas un peu.

Parce que j'avais vécu une passion.

Parce qu'ensuite j'étais partie et j'avais élevé un enfant toute seule, ce qu'elle n'avait pas eu le courage de faire.

Bien qu'ayant été très malheureuse.

Et aujourd'hui, elle était visiblement prête à se battre pour Lily et moi si nécessaire.

— Que veux-tu que je t'explique ? ai-je demandé à Hercules. Tu es parfaitement au courant.

— Je ne suis au courant de rien, a-t-il rétorqué sans quitter Lily des yeux.

— Nous ne pouvons pas avoir cette discussion devant elle.

Lily, petite fille très curieuse et pas du tout timide, a penché la tête en arrière pour regarder cet homme qu'elle ne connaissait pas.

— Qui êtes-vous ?

— J'étais sur le point de te poser la même question, a-t-il dit d'un ton beaucoup trop brusque pour parler à une enfant.

— Je suis Lily Rivero. Enchantée.

Lily était précoce et polie. Je me réjouissais tous les jours d'avoir été entièrement disponible pour m'occuper d'elle et d'avoir pu acheter une maison fantastique dans un quartier agréable. Je ne m'étais pas privée de tirer le meilleur parti de l'argent qui m'avait été donné, avec le sentiment de narguer Hercules même s'il ne pouvait pas le voir.

Quand il a fini par quitter Lily des yeux pour me regarder, la fureur qui se lisait dans ses yeux était terrifiante. J'ai eu le sentiment qu'elle avait le pouvoir de me détruire.

Mais n'était-ce pas un pouvoir qu'Hercules avait toujours eu ? Il était ma faiblesse. Ma perte.

Mon péché le plus beau et le plus éclatant.

Mon père citait souvent le verset selon lequel « le salaire du péché c'est la mort ».

J'avais toujours pensé que c'était une image, mais ne fallait-il pas plutôt l'entendre au sens littéral ? C'est ce que je me suis demandé à cet instant, en regardant Hercules.

— Il y a peut-être un endroit où nous pouvons discuter.

Quand il a dit ça, j'ai éprouvé de l'appréhension. C'était comme si j'avais un étranger devant moi.

Un étranger très grand et très musclé, qui bouillonnait de colère.

Mais tout à coup…

Un rayon de soleil est entré par la fenêtre et l'a éclairé. Alors je l'ai reconnu.

J'ai été transportée des années en arrière, sur la plage.

À l'époque où je lui avais fait confiance. Où je m'étais donnée à lui.

Où j'avais été proche de lui, comme je n'avais jamais été proche de quelqu'un.

J'ai pris conscience que c'était toujours vrai.

Qu'une part de moi n'appartiendrait jamais qu'à lui et à lui seul. Ce que nous avions partagé, mon père avait appelé ça un péché.

Mais c'était un lien très étroit.

Et authentique.

Malgré ce qui s'était passé ensuite, ça restait authentique pour moi.

Voilà pourquoi je me suis sentie incapable de refuser

toute discussion. Malgré les années de souffrance, de colère et d'angoisse, je ne pouvais pas me résoudre à lui refuser ce qu'il demandait.

Peut-être était-ce de la faiblesse.

Comment ne pas le reconnaître ? J'avais toujours été faible devant Hercules.

Mais forte pour Lily.

Forte pour Lily dès le début.

Et j'allais continuer.

J'ai indiqué à Hercules la porte de derrière et il m'a suivie dans le jardin, dont la pelouse clairsemée descendait en pente douce. On voyait à peine la mer à travers les arbres, les maisons les mieux situées n'étant pas à la portée d'une famille comme la mienne.

Je trouvais ça injuste quand j'étais enfant. Que les vues splendides sur l'océan soient réservées aux gens qui ne vivaient sur l'île que quelques mois par an.

Maintenant que j'étais adulte, je comprenais qu'une telle beauté avait un coût.

J'ai regardé Hercules et cette pensée m'a frappée.

Une telle beauté avait un coût.

Toucher une beauté comme la sienne avait un coût et je le connaissais.

Du moins c'était ce que je croyais.

J'ignorais qu'il allait peut-être encore falloir payer.

— C'est ma fille ?

Il m'a fallu un moment pour comprendre cette question. Ce n'était pas du tout celle à laquelle je m'attendais.

— Comment peux-tu me demander ça ? ai-je bafouillé.

— Que veux-tu que je demande d'autre ? Est-ce ma fille ?

— Tu le sais bien ! Tu as envoyé tes hommes. Tu m'as fait signer des papiers. J'étais censée ne jamais plus chercher à te voir, et te voilà dans la maison de mes parents…

— Quels hommes ? Quels papiers ?

— Tes hommes. Des hommes du palais. J'ai téléphoné,

Hercules. Plusieurs fois. J'étais enceinte et terrifiée. As-tu la moindre idée de ce que mon père… ? J'avais besoin de toi. J'avais besoin de toi et tu m'as envoyé un accord de non-divulgation !

— Je n'ai jamais fait une chose pareille.

Les yeux d'Hercules ont pris l'éclat de l'obsidienne, et pour la première fois je regardais en face ces ténèbres que j'avais vues de loin, le premier jour sur la plage, quand il était perdu dans ses pensées.

Il y avait un mystère sous la façade de play-boy désinvolte, un mystère chez l'amant attentionné que j'avais côtoyé des années plus tôt.

Un mystère que je n'avais pas entrevu.

Jusqu'à cet instant.

— Je ne sais pas quoi te dire. J'ai téléphoné au palais et j'ai laissé plusieurs messages, mais personne ne m'a jamais rappelée. J'ai fini par dire… Je leur ai dit que j'étais enceinte de toi.

— Tu l'as dit à quelqu'un du palais ?

— Oui. C'était la seule chose que je pouvais faire.

— Tu en as informé quelqu'un du palais et des hommes sont venus te voir.

Ce n'était pas une question et il avait parlé d'un ton désabusé.

— Oui. Des hommes sont venus et ils m'ont proposé de l'argent en échange de mon silence. Je ne devais plus jamais tenter de prendre contact avec toi.

— Tu as accepté de me cacher que tu étais enceinte de moi en échange d'une somme d'argent ?

— Je croyais que la proposition venait de toi.

Une sourde angoisse montait en moi et je me sentais mal.

— Je n'ai pas choisi de te trahir pour de l'argent. Je croyais que tu voulais que je disparaisse de ta vie…

— Cette enfant est mon héritière.

— C'est une fille, ai-je objecté, sur la défensive.

— Ça n'a pas d'importance. En vertu d'une loi immémoriale, que mon père aurait abolie s'il en avait le pouvoir, crois-moi. Mais hélas pour lui, il ne l'a pas. Elle est donc toujours en vigueur. Que ce soit un fils ou une fille, mon enfant – du moment qu'il est légitime – est l'héritier du trône.

— Eh bien, elle n'est pas légitime.

Je me suis redressée le plus possible mais il me dépassait quand même de plus d'une tête.

— Elle ne peut pas être légitimée. Tu le sais aussi bien que moi.

— Si je choisis de la reconnaître en t'épousant, elle sera légitime.

— Je… Je ne comprends rien, ai-je bafouillé, prise de panique.

Comment aurais-je pu comprendre ? Pendant toutes ces années j'avais été persuadée qu'il ne voulait pas entendre parler d'elle. Qu'il préférait payer des sommes exorbitantes pour que Lily et moi nous restions un secret honteux. Et tout à coup, il voulait légitimer Lily ? Non, vraiment, ça me dépassait.

— C'est mon père le responsable, a-t-il déclaré. Lui et moi nous avons un accord. Je ne sais pas si tu connais un peu l'histoire de mon pays.

— Dans la mesure du possible j'évite tout ce qui te concerne.

Il a eu une moue méprisante.

— Sauf mon argent.

La colère s'est emparée de moi.

— Aurais-je dû me draper dans ma dignité et vivre dans la pauvreté avec ton enfant après avoir été rejetée par toi et par mes parents ? Aurais-tu estimé plus beau et plus digne de compassion ce tableau de souffrance maternelle ? Aurais-je dû refuser le confort et la richesse qui m'étaient offerts ? Il n'y a pas de honte à être pauvre quand la vie ne vous donne pas le choix. Mais le choix je l'avais, justement.

Le choix de faire en sorte que, quoi qu'il arrive, ma fille n'ait jamais faim ni froid. Le choix de rester à la maison pour m'occuper d'elle.

« Je suis tout ce qu'elle a. Son unique parent. C'est mon rôle de prendre soin d'elle et je suis la seule à pouvoir le faire. Il n'y a jamais eu personne d'autre. Tu aurais peut-être préféré trouver en revenant une vie en ruine pour pouvoir la reconstruire, mais je suis désolée de te décevoir. Ma vie était en ruine quand tu es parti. Mon père m'a traitée de traînée. Je n'avais rien, nulle part où aller. Je l'ai reconstruite avec ce qu'on m'a donné. Il est hors de question que j'en aie honte. »

— Tu sais ce que je pense ?

J'ai croisé les bras et je l'ai défié du regard. J'ai vu la surprise dans ses yeux. S'il s'imaginait que j'étais toujours la gamine amoureuse qu'il avait rencontrée autrefois, il avait besoin d'être détrompé, et vite.

J'avais passé cinq ans sans lui. Cinq ans à vivre seule et à subir le jugement des autres. À m'occuper seule de ma fille sans avoir personne pour me soutenir dans les moments les plus difficiles.

J'étais devenue forte.

J'avais tenu tête aux médecins quand ils avaient voulu me renvoyer chez moi alors que je savais que ma fille avait une pneumonie. J'avais défendu Lily quand elle avait fait tomber une camarade à l'école après s'être entendu dire que sa mère était une mauvaise femme puisqu'elle n'avait pas de père.

Je m'étais défendue moi-même quand les gens refusaient de laisser leurs enfants jouer avec la mienne pour la même raison.

Toutes ces années de solitude en tant que mère célibataire m'avaient endurcie, et par moments j'en avais gros sur le cœur.

Parce qu'à une époque j'avais le cœur tendre et je croyais à l'amour.

Le seul genre d'amour auquel je croyais encore c'était l'amour maternel. Ma foi en lui s'étant encore renforcée quand ma mère avait voulu renouer les liens rompus par mon père.

Les pères je pouvais m'en passer, merci.

C'était dans l'amour maternel que je trouvais de la force.

Mais en me malmenant, la vie m'avait rendue beaucoup moins tendre.

Et il était sur le point de comprendre à quel point j'avais changé.

— Ce que tu penses, je suis sûre que tu vas me le dire. Parce que tu es persuadé que le monde tourne autour de toi. Parce qu'autrefois ma vie tournait autour de toi. Mais la vie que je mène aujourd'hui, je l'ai construite sans toi. Et c'est un plaisir pour moi de t'informer qu'il n'y a rien pour toi ici. Alors quoi que tu dises il vaudrait mieux que ce soit passionnant, et non pas prévisible comme je le soupçonne.

— Je pense que tu n'avais pas envie de te compliquer la vie avec moi et que tu as préféré prendre l'argent plutôt que d'agir honorablement.

Je me suis esclaffée.

— Agir honorablement ? Informer un homme qui multiplie les aventures à travers le monde qu'il va avoir un enfant dont il ne veut pas ? Combien d'autres femmes sont dans mon cas, à ton avis ?

— Aucune.

— Tu n'en sais rien.

— J'ai toujours utilisé des préservatifs. Avec toutes les autres femmes.

— Oh. Donc je suis spéciale. C'est justement la femme qui n'avait même pas touché la main d'un homme avant de te connaître que tu n'as pas jugé bon de protéger ? Je suis heureuse d'apprendre que notre histoire avait une telle importance pour toi.

— Tu peux dire ce que tu veux, Marissa, mais je suis revenu pour toi. Je suis revenu et tu n'étais plus là. Et pendant toutes ces années, je me suis souvent répété que c'était une chance. Parce que j'ai des responsabilités envers mon pays et mon peuple. Et qu'il n'y avait pas de place pour toi dans cette vie de responsabilités. Mais aujourd'hui, il y a cette enfant. Lily. Et je ne peux pas ignorer les implications de son existence. Mon père gouverne Pelion d'une main de fer depuis des décennies.

« Si je ne l'ai pas encore renversé c'est parce que le prix d'une guerre civile en vies humaines serait trop élevé et qu'une loi permet au prince héritier de monter sur le trône après le soixante-dixième anniversaire du souverain régnant, à la condition d'être marié et d'avoir lui-même un héritier. J'ai trouvé l'épouse appropriée il y a quelque temps. »

— Oui, je sais. J'ai vu des photos de toi en sa compagnie.

— Mais Lily est mon héritière. Et mon père vient d'avoir soixante-dix ans. Ce qui ouvre la voie à un changement de souverain. Un changement urgent parce qu'avec les années il devient de plus en plus tyrannique. Il commence à s'en prendre aux libertés les plus fondamentales du peuple. C'est quelque chose que je ne peux pas tolérer, mais jusqu'ici la volonté d'éviter la violence et de protéger ma mère et ma sœur m'a empêché de m'opposer à lui. Mais vu les nouvelles circonstances… Nous avons signé un accord, lui et moi.

— Si ton père est un tyran, crois-tu qu'il va l'honorer ?

— Qu'il l'honore ou pas n'est pas le plus important. Ce dont j'ai besoin avant tout c'est le soutien de l'armée. Et la reconnaissance des pays alliés.

— Mais moi, serai-je acceptée ?

— C'est au Conseil d'en décider, mais je pense que l'existence d'une héritière aura plus de poids que d'éventuelles réserves te concernant.

— Peut-être mais j'ai une vie. J'ai construit une vie pour Lily et moi à Boston. Je regrette sincèrement les problèmes auxquels est confronté ton pays. Pas pour toi, mais pour ton peuple. Cependant, je ne vois pas en quoi ça me concerne.

— Ça te concerne parce que tu es la mère de mon enfant.

J'ai vu rouge.

— C'est *mon* enfant. Ta contribution à son patrimoine génétique ne fait pas de toi un père. Je l'ai mise au monde toute seule. J'ai beaucoup souffert mais le plus horrible c'était la peur. Sans une infirmière qui a eu pitié de moi et qui m'a tenu la main tout le temps, il n'y aurait eu personne pour moi. Ensuite je suis rentrée seule chez moi avec mon bébé et je n'ai pas dormi pendant des mois. C'est moi qui me levais toutes les nuits et qui arpentais le couloir en la berçant quand elle pleurait.

J'ai pris une profonde inspiration avant de poursuivre. De déverser toute ma colère – contre lui, contre mes parents, contre le monde entier.

— Et toi… Toi tu faisais la fête. Tu as eu une nouvelle maîtresse la semaine de mon accouchement, et elle était en couverture des magazines avec toi, mince, belle et parfaitement maquillée. Alors que j'étais coiffée n'importe comment, que mon pantalon de pyjama était trop serré et que j'avais tout le temps envie de pleurer à cause du manque de sommeil. Lily est *ma* fille. Toi, tu as ta vie de play-boy. Des dizaines de photos témoignent de tes occupations favorites et des objets luxueux que tu possèdes. Mais je n'en fais pas partie et elle non plus. Ton père est peut-être un tyran, mais c'est son argent qui nous a évité de nous retrouver à la rue, si j'ai bien compris.

Le visage d'Hercules s'est fermé.

— Je ne peux pas me permettre de faire du sentiment. J'ai un moyen de libérer mon pays et je vais le faire. Lily vient avec moi, que ça te plaise ou non.

— Que vas-tu faire ?

— Te la prendre de force, si nécessaire. Mais je préférerais que tu viennes avec moi, parce que ce serait plus facile pour elle.

J'ai été envahie par un grand froid. Il était évident qu'il ne plaisantait pas. Et je me suis demandé comment j'avais pu trouver cet homme tendre et charmant, alors qu'en réalité il était d'une dureté et d'une froideur terrifiantes.

— Tu ne peux pas faire ça.

— Bien sûr que si. Et sans transgresser aucune loi. Premièrement, je bénéficie de l'immunité diplomatique. Deuxièmement, Lily est de nationalité pelionaise. Et je suis son père.

— Ton nom ne figure pas sur son acte de naissance.

— Aucune importance. N'as-tu pas entendu ce que je t'ai dit ? Je suis un prince sur le point de monter sur le trône de mon pays et ma parole fait loi. Même ici.

J'ai senti le découragement me gagner, mais je me suis ressaisie et je me suis efforcée de retrouver ma combativité.

— Je ne vais pas me laisser faire. Je refuse d'arracher ma fille à son univers familier et de bouleverser sa vie parce que tu as décidé qu'il était temps de prendre tes responsabilités.

— J'ignorais son existence. Et justement en ce qui la concerne tu devrais t'interroger sur les conséquences de ta décision. Elle pourrait être reine.

J'ai tressailli. Jamais il ne m'était venu à l'esprit que Lily était de sang royal. Qu'elle était une princesse. Héritière du trône de Pelion, mais à la condition qu'Hercules et moi nous nous mariions.

— Priverais-tu ton enfant de la place qui lui revient dans ce monde ?

Je n'avais pas envie que ma fille soit reine. C'est ce que j'ai pensé aussitôt. Lily chef d'État ? Exposée à toutes les critiques et les attaques que pouvait subir une femme dirigeante dans ce monde ? Cette idée me faisait frémir.

D'un autre côté, comment ne pas être sensible au discours d'Hercules ? Pourrais-je me résoudre à priver ma fille de son héritage ?

Mais la perspective d'épouser cet homme que j'avais haï pendant des années, qui m'avait fait tant souffrir…

J'ai senti mon cœur palpiter, à ma grande honte. Parce que l'émotion qui m'assaillait était facilement reconnaissable.

C'était de la joie.

Comment pouvais-je éprouver de la joie parce qu'Hercules était de retour et qu'il me proposait le mariage ?

J'ai eu tout à coup l'impression d'être la petite idiote pour laquelle mon père me prenait. La fille immorale prête à renier tous ses principes pour un homme séduisant.

Mais il ne s'agissait pas de moi. Si je voulais être cohérente avec tout ce que je venais de dire, je ne devais tenir aucun compte de ce que je ressentais.

C'était à Lily qu'il fallait penser. Seulement à Lily.

— Ce n'est pas mon autorisation dont tu as besoin, ai-je déclaré. Mais tu vas demander celle de ma fille.

— Pardon ? Tu veux que j'explique tout ça à une enfant ?

— Elle a des amis. Elle commence tout juste à nouer des liens avec sa grand-mère. C'est de son avenir que tu parles. Et oui, je sais qu'elle a quatre ans. Et je sais que…

J'ai refoulé mes larmes parce que je savais quelle serait la réaction de ma fille quand elle entendrait cet homme grand et beau lui dire qu'il était son père. Qu'elle était une princesse. Oui, je savais déjà ce que Lily allait dire.

Une seule chose comptait. Qu'elle ait un père.

Quels que soient mes sentiments à l'égard de ce dernier.

Il n'avait pas su que j'étais enceinte.

Il ne nous avait pas rejetées. Ni moi ni elle. Et si cette révélation ne suffisait pas à me débarrasser de l'armure que je m'étais forgée au fil des ans, c'était elle qui m'avait poussée à accepter de discuter avec lui. Au lieu de l'embrocher avec le premier ustensile tranchant que j'aurais trouvé dans le tiroir de la cuisine de ma mère.

— C'est sa vie, ai-je dit. Alors, oui. Je veux que tu lui parles.

J'ai poussé un soupir.

— Si elle dit non… tu seras obligé de nous kidnapper toutes les deux, je suppose.

4.

Hercules

Je suis resté sans voix. J'avais du mal à reconnaître dans la femme qui était en face de moi celle que j'avais connue intimement cinq ans plus tôt. Dire que lorsqu'elle avait pris ses jambes à son cou après m'avoir vu sur la terrasse du country club j'avais cru qu'elle était effrayée…

Elle ne s'était pas enfuie pour se protéger mais pour protéger Lily.

Lily.

Qui était indéniablement ma fille.

Mais je ne pouvais pas me permettre de me laisser gagner par l'émotion, parce que j'avais des responsabilités.

D'abord et avant tout, Lily était l'héritière du trône de Pelion. L'élément-clé pour évincer mon père du trône et elle allait devoir être traitée comme telle.

Si on m'avait dit qu'un jour je me trouverais dans la nécessité d'engager des négociations politiques avec une enfant…

Marissa me défiait du regard et je la croyais bien volontiers.

Si je sortais perdant de ces négociations, j'allais être obligé de les mettre toutes les deux dans l'avion de force.

Mais quoi qu'en pense Marissa, je n'aurais pas le moindre scrupule à le faire, si nécessaire.

C'était une situation impossible. J'étais censé épouser

Vanessa deux semaines plus tard mais il n'en était plus question.

Il ne me manquait plus que d'être taxé de kidnappeur.

Marissa a ouvert une porte en haut de l'escalier et je l'ai suivie dans la pièce.

— Lily, Hercules voudrait te parler.

Pour la première fois, j'ai perçu un léger tremblement dans sa voix. Si j'avais été un homme différent, j'aurais peut-être été ébranlé. Mais je ne pouvais pas me permettre d'éprouver la moindre compassion. L'enjeu était trop important.

Lily semblait déconcertée. Curieuse. Malgré son jeune âge et sa perplexité, le regard de ses yeux noirs fixés sur moi reflétait une grande assurance. Héréditaire, je le savais.

Lily.

Comment se serait-elle appelée si j'avais été présent à sa naissance ? Elle aurait eu un prénom issu de la tradition familiale. Aphrodite ou Apollonia, peut-être.

Lily était un prénom si simple…

Il évoquait la fragilité, quelque chose qui pouvait être facilement broyé. Tout en moi s'insurgeait à cette idée. Mais à la façon dont elle me regardait droit dans les yeux avec un aplomb dont peu d'hommes étaient capables, j'ai su que ce prénom lui convenait.

Parce que ses ennemis ne pourraient pas se douter qu'à l'intérieur elle était d'acier. Ils seraient trompés par son apparente douceur et ils ne verraient jamais ses coups venir.

Je lui apprendrais à cultiver ça. Je lui apprendrais tout ce dont elle avait besoin pour monter sur le trône de Pelion. À son âge il n'était pas encore trop tard. J'avais peut-être raté ses premières années, mais désormais je serais toujours présent.

— J'ai quelque chose à te dire.

Devais-je rester debout ou bien m'accroupir pour me mettre à sa hauteur ? J'étais un prince. Pas question de m'accroupir. J'aurais l'impression de faire preuve de déférence, ce qui n'était pas dans mes habitudes. Cependant, j'étais tellement plus grand qu'elle que lui parler de toute ma hauteur ne semblait pas approprié non plus.

Alors pour la première fois de ma vie, j'ai mis un genou à terre.

— Ta mère et moi nous avons…

Comment expliquer ça à une enfant ? Je n'en avais aucune idée. Savait-elle seulement comment on faisait les enfants ? Par ailleurs, je devais veiller à ne rien dire qui fasse apparaître sa mère sous un jour défavorable. Question de diplomatie. Elle était du côté de sa mère. Elle prendrait certainement très mal qu'un intrus lui explique que sa mère était loin d'être parfaite. Je devais donc choisir soigneusement mes mots. Pas par respect pour Marissa, mais pour la réussite de mes négociations.

Avec une enfant de quatre ans.

Ma fille.

C'était une notion que j'avais encore un peu de mal à appréhender.

— Nous nous sommes connus, autrefois, ai-je repris. Et nous avons été… séparés. J'ai dû retourner dans mon pays et vous, vous êtes parties d'ici.

Elle a froncé le nez.

— Tu as une drôle de façon de parler. C'est parce que tu viens d'un autre pays ?

C'était une question à laquelle je ne m'attendais pas. Je ne pensais pas avoir un accent très prononcé et on m'a souvent dit que mon anglais était parfait, ni plus ni moins.

— Oui, sans doute.

— D'accord, a-t-elle commenté, visiblement satisfaite.

— Je viens d'un pays qui se trouve très loin. De l'autre côté de l'océan. C'est une île au milieu de la Méditerranée. Très belle. J'ai été obligé de retourner là-bas pour régler certaines choses, parce que je suis un prince.

— Un prince ?

Elle a ouvert des yeux ronds.

— Oui. Et je viens de découvrir quelque chose, Lily. Tu es ma princesse. Tu es ma fille. Je… je suis ton père.

Jamais je n'aurais pu anticiper sa réaction.

J'ignorais que les enfants étaient aussi sensibles. Son visage s'est décomposé presque aussitôt, et un cri presque inhumain est sorti de son corps minuscule. Un hurlement qui a transpercé mon cœur et brisé toutes les défenses que j'aurais pu avoir. Puis elle s'est jetée à mon cou et m'a serré très fort, comme si je n'étais pas un étranger. Comme si je n'étais pas un homme qui venait de faire irruption chez sa grand-mère et d'user de menaces contre sa mère.

Je me suis raidi, hésitant. Quoi faire ? Je n'en avais aucune idée. Pour la première fois, j'ai regardé Marissa. Son visage était sans expression mais il y avait des larmes dans ses yeux. J'ai tenté de me redresser, mais Lily en pleurs ne voulait pas me lâcher. Alors je l'ai prise dans mes bras et je me suis relevé en la serrant contre moi.

— Ta mère m'a dit qu'il fallait que je te demande si tu voulais venir avec elle vivre avec moi dans mon palais.

Au moment où j'ai formulé cette proposition, j'ai pris conscience d'une évidence. En me demandant de parler à Lily, Marissa ne m'avait pas tendu un piège. Elle n'avait pas espéré égoïstement que j'échouerais dans ma démarche. Bien au contraire. N'importe qui d'autre que moi aurait tout de suite compris qu'une enfant de quatre ans ne pouvait pas décliner une telle offre.

Lily s'est essuyé les yeux avec ses petits poings.

— Et ma mamie ?

— Ta mamie peut venir aussi. C'est un très grand château.

Comment en étais-je arrivé à négocier les détails d'une affaire aussi délicate avec une enfant de quatre ans ? Je n'arrivais pas à le comprendre, mais c'était bien ce que j'étais en train de faire.

Lily a tendu les bras vers Marissa en disant d'un ton plaintif :

— Maman…

Marissa s'est approchée et je lui ai donné l'enfant.

Une chose qui m'a paru étrange, mais je me suis dit qu'elle était sans doute courante pour les parents normaux.

Ce que les miens n'avaient jamais été. On ne m'avait jamais accordé d'affection quand j'étais enfant. J'imagine que ma mère aurait aimé m'en donner mais que mon père ne l'avait pas permis.

Quant à moi…

J'avais passé tellement de temps à élaborer les projets politiques à mettre en œuvre lorsque j'aurais un héritier et que je monterais sur le trône que je n'avais pas réfléchi un seul instant à mon rôle de père.

Je m'étais concentré uniquement sur mon rôle de roi.

Mais Lily n'était pas une hypothèse. Elle était bien réelle, et elle semblait avoir besoin de moi. Je ne savais pas très bien ce que j'étais censé lui apporter mais une chose me paraissait évidente. Je ne pouvais pas la décevoir.

— C'est vrai, a dit Marissa en écartant les cheveux de Lily de son visage. Tout ce qu'il a dit est vrai. Tu es une princesse. Si tu veux vivre comme une princesse, il va falloir partir d'ici. Quitter notre maison de Boston. Quitter tout ce que nous connaissons. Mais je serai avec toi. Et… tu es née princesse, Lily.

Sa voix s'est brisée.

— Tu es née princesse et que tu ailles à Pelion ou non, tu resteras une princesse. Mais tout ce qui est à ton père est à toi également. Et je n'ai pas le droit de te demander d'y renoncer.

Il me paraissait évident que Lily ne comprenait pas le discours exalté de Marissa. Mais moi si. Je comprenais à quel point la situation était difficile pour elle, même s'il était hors de question que je revienne sur ma décision.

Lily m'a regardé avec des yeux brillants et un air très sérieux.

— Papa ?

Ce mot a eu l'impact d'une balle de revolver. J'ai eu l'impression qu'il transperçait ma poitrine et réduisait mon cœur en miettes.

Le cœur que je ne croyais pas aussi vulnérable ni aussi… sensible.

Cette enfant était innocente. De tout.

De ce qui s'était passé entre sa mère et moi. Du sang royal dont elle avait hérité.

Elle n'avait aucun contrôle sur tout cela et je savais exactement ce qu'elle ressentait.

Sauf que quand mon père m'avait pris en main, c'était avec la délicatesse d'un monstre et il n'avait jamais été question que j'emploie un terme aussi affectueux que « papa » pour m'adresser à lui.

Mais cette enfant me donnait sa confiance. Une forme d'affection que je n'avais rien fait pour mériter et dont je craignais de ne jamais être digne.

À cet instant, j'ai eu l'impression d'être complètement à la dérive, chose qui ne m'était arrivée que deux fois auparavant.

La première fois que j'avais vu Marissa, et quand j'avais découvert qu'elle était partie, à mon retour à Medland.

— Oui, ai-je répondu.

À mon grand dam, ma voix était loin d'être ferme.

Pourtant, nous n'étions pas dans la salle du trône. Ni devant la presse.

Il y avait juste moi et cette enfant. Mon enfant.

Et Marissa.

— Je veux aller avec toi, a dit Lily tout en se blottissant contre sa mère.

— Alors nous irons ensemble, a dit Marissa tout en resserrant ses bras autour de Lily. Nous irons ensemble.

— Et tu seras ma femme, ai-je répliqué. Ma princesse. Vous serez toutes les deux mes princesses.

J'étais résolu. Le problème était réglé.

— Ma mère ?

— Peut venir aussi si elle le souhaite.

Marissa a hoché lentement la tête.

— D'accord. Je… Je vais lui parler.

— Il faut que nous partions ce soir. Je vais demander à mes hommes de s'occuper de mes affaires, et aussi de Vanessa.

— Oh…

Marissa a eu l'air consterné.

— Vanessa… Que vas-tu faire ? Vous êtes fiancés. Vous êtes censés vous marier dans deux semaines. Comment vas-tu… ?

— Je viens de te le dire. Je vais envoyer mes hommes s'occuper d'elle. Et faire le nécessaire pour atténuer la déception qu'elle pourrait éprouver. Je ne suis pas un monstre. Quoi que tu en penses.

— Tu veux rompre avec ta fiancée via tes hommes de main. Sans doute les mêmes que ceux qui m'ont dit autrefois que tu voulais…

Elle s'est interrompue et elle a jeté un coup d'œil à Lily avant de reprendre :

— Il faudra que nous en discutions à un autre moment.

— Pas de problème.

J'ai pris mon téléphone.

— Que mon jet soit prêt à décoller dans une heure. Et s'il vous plaît, prévoyez un autre moyen de transport pour Mlle Carlson.

Sur ces mots, j'ai raccroché en ignorant le regard réprobateur de Marissa. Elle pouvait désapprouver tout ce qu'elle voulait. Je soupçonnais mon père d'être à l'origine de la situation impossible dans laquelle nous nous trouvions et je refusais de le laisser gagner. Marissa n'appréciait peut-être pas mes méthodes, mais je savais qu'au bout du compte ce seraient les plus efficaces.

— Une heure ? Ce n'est pas suffisant pour faire les valises. Et toutes nos affaires ? Lily et moi nous n'habitons pas ici. Nous avons une maison à Boston. Tous ses jouets…

— Quelqu'un ira les chercher. Mais je ne veux pas perdre de temps.

— Ma mère…

— Je te suggère de lui parler tout de suite.

— Alors c'est toi qui décides de tout ?

— J'ai commencé par faire ce que tu m'avais demandé, ai-je dit en indiquant Lily d'un signe de tête pour rappeler à Marissa que je lui avais demandé son avis. Mais à présent, oui, c'est moi qui décide. Je regrette, mais il n'y a pas d'autre choix.

— Je doute beaucoup qu'il puisse t'arriver d'éprouver des regrets.

Elle se trompait. Parce que justement, en regardant ma fille blottie dans ses bras, j'étais rongé de regrets. Une sensation toute nouvelle pour moi, qui me déplaisait fortement.

Il n'y avait qu'une solution pour surmonter ce malaise. Agir.

— Nous partons dans une heure. Ne me pousse pas à raccourcir le délai.

Elle s'est détournée et elle a heurté une boîte posée au bord de la commode. La boîte est tombée et elle a juré – à ma grande surprise. Le couvercle s'est ouvert et deux coquillages ont roulé par terre. Un grand et un petit.

Elle m'a regardé. J'ai jeté un coup d'œil à ses boucles brunes.

Et j'ai regardé de nouveau les coquillages.

C'était moi qui les lui avais donnés. Parce que dans ma folie, je la voyais partout à l'époque. Même dans la nature.

Elle les avait gardés. Tout en prétendant me haïr.

Elle s'est baissée, elle a remis les coquillages dans la boîte et elle a serré celle-ci contre sa poitrine. Puis elle m'a fixé en silence, comme pour me défier de dire quelque chose.

Je suis resté silencieux.

Alors elle a quitté la pièce sans un mot, me laissant seul.

Chose que personne n'oserait faire.

Mais Marissa avait toujours été à part. Elle me haïssait, mais elle avait gardé mes coquillages. Et j'étais de nouveau fasciné malgré moi.

Mais Marissa n'avait rien à voir avec la décision que j'avais prise.

Ce qui comptait c'était Lily. C'était le trône.

C'était que mon père sache qu'il ne gagnerait jamais contre moi.

5.

Marissa

Je savais que c'était un prince. Au fil des années j'avais lu des articles sur lui et j'avais vu des photos témoignant qu'il vivait dans le luxe.

Mais je n'avais pas réellement pris conscience de ce que ça signifiait avant que nous montions à bord de son jet privé.

Et encore, c'était un luxe si extravagant que les mots m'auraient manqué pour le décrire. Comment rendre compte de la souplesse extraordinaire du canapé en cuir du salon, par exemple ? J'avais imaginé un jet privé comme ceux que j'avais vus au cinéma, plus petit qu'un avion de ligne mais avec moins de sièges et donc plus d'espace.

Mais là…

Cet avion était gigantesque. Et il comprenait plusieurs pièces. Des tas de pièces.

Dès notre arrivée, l'hôtesse a accompagné Lily et ma mère dans deux chambres différentes meublées avec goût. Puis elle a disparu. J'ai compris que des ordres avaient été donnés pour nous laisser en tête à tête, Hercules et moi, afin que nous puissions discuter.

Ma mère avait décidé de venir avec nous, bien sûr. Plus rien ne la retenait à Medland, à part la belle maison dans laquelle elle avait été malheureuse avec mon père.

Ma mère avait visiblement hésité à me laisser seule

avec Hercules, mais de toute évidence elle avait également compris qu'il était inutile d'émettre des objections. De mon côté, plutôt que de m'opposer à Hercules, je préférais négocier avec lui pour tenter de garder un certain contrôle sur la situation. Présente et à venir.

Je me suis enfoncée confortablement sur le canapé en cuir tout en refusant de manifester le plaisir que j'y prenais.

— Champagne ? a proposé Hercules.

— Un toast à notre union prochaine ?

J'ai aussitôt regretté cette réplique sarcastique. Que m'avait-il pris ? Je n'étais pas en position de plaisanter.

Je ne pouvais pas prendre la situation à la légère.

Comme un peu plus tôt chez ma mère, j'ai senti mon cœur palpiter.

Encore une bouffée de joie qui m'assaillait... Décidément j'étais pathétique.

Et les coquillages... Comment avais-je pu être assez stupide pour me trahir en faisant tomber la boîte devant Hercules ? Mais le pire c'était qu'au lieu de les jeter une fois pour toutes, je les avais mis dans mes bagages...

— Si tu veux, a-t-il répliqué.

— Je ne bois pas d'alcool.

— Tu ne bois toujours pas ?

Je ne buvais pas parce que j'avais encore du mal à m'affranchir des préceptes de mon enfance et que l'alcool restait pour moi assimilé à un péché. Mais je ne l'ai pas dit à Hercules.

— Quand penses-tu que j'aurais pu commencer ? Pendant ma grossesse ? Après ? Quand je m'occupais toute seule de mon bébé ? Ce n'était jamais le moment. Et quand parfois il m'arrivait de penser qu'un verre me ferait peut-être du bien, je me disais aussitôt qu'il n'était sans doute pas sain de se servir de l'alcool comme d'une béquille.

— Très bien.

À ma grande surprise, il a rangé la bouteille de champagne dans un réfrigérateur et a sorti du cidre à la place.

— Tu peux boire du champagne, ai-je dit.

— Je n'en ai pas besoin. Et comme tu viens de le dire, s'en servir comme d'une béquille n'est pas une bonne idée.

— Je n'aurais jamais cru que Votre Altesse Royale puisse avoir besoin de béquilles.

— Vu la situation, je suis en train de découvrir que j'en ai peut-être justement besoin.

Que répondre à cela ? Cet aveu de faiblesse était si inattendu que je suis restée un instant sans voix.

— Pour être franche, j'en aurais bien besoin moi aussi. Mais… Je persiste à penser que l'usage de ce genre de béquille n'est pas recommandé.

— Je suis d'accord avec toi. Par conséquent, pour éviter tout problème nous allons boire ça.

— Tu sais, j'ai vraiment essayé de te joindre pour te prévenir. C'est d'ailleurs pour ça que ces hommes sont venus. Et quand ils m'ont dit de ne plus jamais chercher à te voir, je me suis dit que je n'étais rien pour toi. Rien d'autre qu'une femme parmi toutes celles avec qui tu as des aventures passagères. Je n'avais aucune raison de penser que ce n'était pas toi qui les avais envoyés.

Hercules, qui était en train de servir le cidre, s'est interrompu. Son visage s'est fermé.

— C'est pour lui qu'ils travaillaient, pas pour moi. Et par la suite s'ils ne t'ont pas retrouvée c'est parce qu'ils ne t'ont pas cherchée. Ils avaient l'ordre de ne pas te trouver.

— Pardon ?

— Je t'ai recherchée. Quand ton père m'a dit que tu étais partie j'ai envoyé des hommes à ta recherche. J'ai largement les ressources nécessaires pour financer une enquête approfondie. Ils auraient dû te retrouver. Le fait qu'ils ont échoué…

Il a secoué la tête.

— Comment n'ai-je pas compris plus tôt ce que ça signifiait ?

— Il ne voulait pas que tu saches que tu avais une fille.

— Oui. Parce qu'il savait que la loi me permettrait de lui succéder après son soixante-dixième anniversaire. De son point de vue Vanessa était une épouse beaucoup plus appropriée, puisqu'elle n'était pas prête à se marier tout de suite. Ce qui retardait le moment où j'aurais un héritier.

— Nous n'avons donc aucune raison de nous punir mutuellement, ai-je dit d'une voix douce.

Pour la première fois j'éprouvais de la compassion pour lui. Il n'avait pas été prévenu.

Cependant, ça ne changeait rien à tout ce que j'avais enduré.

— Mais il faut quand même que tu saches que je me suis sentie complètement abandonnée, Hercules. Pour toi, j'avais trahi la personne que je croyais être.

Il a secoué la tête.

— Non. Ne me dis pas ça. Tu as du caractère, Marissa. Si tu n'avais pas eu envie de coucher avec moi tu ne l'aurais pas fait.

J'ai été aussitôt frappée par la vérité de cette affirmation. Il avait raison. Je n'avais pas été séduite. Pas dans le sens où je me laissais souvent aller à le penser. Je l'avais désiré. Je l'avais désiré de toute mon âme. Avec une ardeur qui confinait à la folie.

Je me suis souvenue qu'au moment de notre rencontre il m'avait demandé si je faisais toujours ce qu'on me disait.

J'avais répondu oui parce que c'était vrai. Il ne m'était jamais venu à l'idée d'agir autrement.

Et quand j'avais changé de comportement, ce n'était pas parce que j'avais remplacé un « maître » par un autre.

C'était parce que j'avais découvert qui j'étais réellement. Et qu'il m'était devenu impossible de me conformer aux règles qu'on m'avait inculquées.

Ça n'avait rien à voir avec la foi, parce que la mienne était restée intacte. Mais elle était devenue à la fois plus profonde et plus personnelle. Je ne suivais plus les commandements ni les préceptes de mon père. J'agissais selon mes propres convictions.

Ma vie ne semblait peut-être pas parfaite à tout le monde, mais quelque chose dans mon cœur était apaisé.

Ce n'était pas de la rébellion. Je n'avais jamais décidé de brûler tout ce en quoi je croyais pour repartir de zéro.

Je me suis trouvée.

Sans renier tout ce qu'on m'avait appris à être, j'ai trouvé la personne que j'étais réellement.

Je n'avais pas à me cacher. Plus maintenant. Je n'avais plus à me cacher derrière des excuses, et surtout pas celle selon laquelle j'aurais succombé à la tentation à cause de l'indignité d'Hercules. Ou de la mienne.

— Ça n'a plus d'importance. J'ai changé. Et je suppose que toi aussi.

— Non, a-t-il objecté, le visage impénétrable. Je n'ai pas changé. Je suis tel que j'ai toujours été. Un homme qui a la responsabilité d'un pays entier. Et je ne l'oublie jamais. Même si tu peux voir dans les médias des photos de moi avec l'air insouciant. Même pendant tous les moments que nous avons passés ensemble sur la plage. Je ne suis jamais insouciant.

Je l'ai regardé dans les yeux.

— Je sais.

Il a paru surpris.

— Que penses-tu savoir ?

— La première fois que je t'ai vu sur le rivage, tu étais entouré de gens qui s'amusaient dans l'eau, qui riaient. Mais toi tu restais immobile, le visage sombre. Il était manifeste que tu portais un poids sur les épaules. Je l'ai vu. J'ai compris que l'image que tu offres aux autres est loin de refléter toute la réalité. Même quand nous étions ensemble. Je l'ai toujours su.

— Comment se fait-il que tu ne le dises qu'aujourd'hui ? Pourquoi n'en as-tu jamais parlé ?

— J'avais le sentiment que le temps nous était compté. Je n'avais pas envie de le gâcher en abordant des sujets déplaisants. Et puis je ne voulais pas trop dévoiler mon intérêt pour toi. Mais aujourd'hui je ne suis plus une gamine. Et si tu es responsable de ton pays, moi je suis responsable de notre fille.

« Elle est ma priorité et elle le restera toujours. Lily est ce qui compte le plus dans mon univers. Toi tu dois te préoccuper du sort de millions de personnes. Moi, de celui d'une seule. Ce qui signifie que toute mon attention est concentrée sur elle. Je défendrai toujours son intérêt avec toute mon énergie. Toujours. »

— Et le tien ?

— Je passe après elle. C'est le choix que j'ai fait quand j'ai décidé de ne pas renoncer à elle. Mon père m'a mise à la porte en disant que j'étais une source d'embarras. Mais ça ne m'a pas atteinte. Parce qu'à partir de cet instant je ne comptais plus. Tout ce qui comptait c'était Lily et la nécessité de tout faire pour son bien-être. Cette prise de conscience a été libératrice, et depuis ma vie a un sens.

« Bien sûr, celle qui m'attend à présent n'est pas exactement celle dont je rêve. Je n'ai pas envie de devenir une personne en vue et encore moins d'être… associée à la rupture de tes fiançailles. J'imagine que la nouvelle va faire la une de la presse dans le monde entier.

— Oui. Nous sommes sur le point de créer un incident qui va faire du bruit. Je ne te le cache pas.

— Je le fais pour elle.

Tout à coup, Hercules s'est rapproché de moi et a posé la main sur ma joue. J'ai eu l'impression que celle-ci prenait feu. À ma grande surprise. Après toutes ces années, je croyais être en quelque sorte immunisée contre cet homme.

— Vraiment ?

Sa voix était rauque, et son souffle chaud a caressé mes lèvres.

J'ai frissonné.

— Seulement pour elle ? a-t-il insisté. Tu ne crois pas que tout au fond de toi tu as envie de cette vie ?

Mon cœur battait si fort que j'étais convaincue qu'il l'entendait. J'ai dégluti péniblement.

Il n'était pas question de dévoiler mon trouble. Pas question qu'il s'imagine qu'il pouvait prendre le contrôle de mon être en même temps que de ma vie. J'avais élevé ma fille seule pendant des années. J'étais indépendante. Oui, il me troublait. Je ne pouvais pas le nier. Mais je n'allais pas lui donner la satisfaction de le lui montrer.

— Et toi, tu es sûr que c'est uniquement pour ton pays ? ai-je rétorqué. Que tu n'es pas poussé par ton instinct contrarié de chasseur ? Tu m'as attrapée. N'était-ce pas ce que tu voulais il y a cinq ans ?

Avec un grognement étouffé, il s'est encore rapproché de moi. J'ai senti le feu m'envelopper et j'ai eu peur d'être réduite en cendres.

— Personne ne me quitte, a-t-il dit d'une voix rauque. Personne ne m'abandonne.

— Vraiment ?

Pourquoi ai-je posé cette question ? Je n'en savais rien. J'ignorais si elle pouvait avoir une signification particulière pour lui. Il a aussitôt retiré sa main de ma joue comme s'il venait de se brûler, et il s'est détourné.

Il a passé les doigts dans son épaisse chevelure noire, puis il m'a de nouveau fait face.

— Organiser un autre mariage ne devrait pas poser trop de problèmes. Nous avons déjà le lieu et tout le reste. En fin de compte, la seule chose à changer c'est la mariée.

J'ai serré les dents.

— Mon rêve de toujours. Depuis toute petite. Être une mariée de substitution pour le prince.

— C'est elle qui occupait ta place.

Abasourdie, je me suis figée. Avais-je bien entendu ? Il m'a fallu un moment pour prendre conscience que je n'avais pas été insultée. Bien au contraire. Il venait de me faire un aveu qu'il regrettait sans doute déjà.

J'ai répliqué d'une voix à peine audible :

— Eh bien, c'est une bonne chose que nous ayons remis les choses en ordre…

Sauf que ce n'était pas du tout l'impression que j'avais. Cette situation me paraissait extravagante. Profondément déroutante.

Et pourtant…

Quand il me touchait, il y avait toujours le feu. Quand il était près de moi, j'éprouvais toujours du désir.

Et pour être honnête, je n'avais aucune envie de rentrer chez moi.

Non. Il ne pouvait pas avoir ce genre de pouvoir sur moi. Plus jamais.

— Si nous portions un toast ? a-t-il suggéré en levant son verre. À notre union.

J'ai levé mon verre à mon tour, en plongeant mon regard dans le sien. Il me lançait un défi et j'étais prête à le relever. Parce que j'avais changé. J'étais devenue une femme différente, dont les épreuves avaient forgé le caractère.

Je n'étais plus vulnérable comme autrefois.

— Pour Lily, ai-je dit, davantage pour moi-même que pour lui. Notre mariage est pour Lily. Pas pour nous.

— Vraiment ?

— Oui.

À ma grande satisfaction, ma voix est restée ferme.

Le feu me terrifiait. Mais ce qui me terrifiait le plus c'était… l'espoir.

Malgré tous mes efforts je n'arrivais pas à l'étouffer.

— Tu pourras coucher avec qui tu veux, ai-je poursuivi. Mais ce ne sera pas moi.

— Pardon ?

Son ton glacial m'a noué l'estomac, mais je ne me suis pas laissé intimider.

— Nous devrons être de bons parents pour notre fille. L'élever ensemble. Vivre en bonne entente. Assister à des événements publics ensemble et présenter un front uni. Mais pour le reste il ne faudra pas compter sur moi.

Il a crispé la mâchoire.

— Comme tu veux, Marissa. Mais je dois te dire qu'à mon avis ton objectif est irréaliste.

— Pourquoi ?

Il m'a souri. Et il n'a pas eu besoin de prononcer un mot. Ce sourire a suffi à électriser l'atmosphère.

— Nous ne sommes pas des animaux, ai-je objecté. Après tout, nous avons réussi à tenir cinq ans sans nous toucher.

Il s'est penché vers moi.

— C'est vrai. Mais avec un océan entre nous. Dans ces conditions résister à la tentation est très facile, tu ne crois pas ?

Il a posé son pouce sur mes lèvres.

— Mais à présent, est-ce aussi facile ? Alors que je suis là et que tu as toujours envie de moi…

Mon cœur tambourinait dans ma poitrine et je vibrais d'excitation. À mon grand désespoir.

— Ce n'est pas terminé entre nous, a-t-il poursuivi.

Faisant appel à toute ma volonté, je me suis écartée de lui.

— Si. Notre seul lien c'est Lily. Et quand elle sera adulte, ce lien disparaîtra.

— Le divorce ? Quel ennui…

— Pas obligatoirement. Nous pourrons nous contenter d'une séparation. Selon ce qui sera le plus indiqué pour ton image.

— Tu ne me ridiculiseras pas en sortant avec d'autres hommes.

— Ce n'est pas un problème pour moi. Je suis restée seule pendant toutes ces années sans que ça me pèse le moins du monde.

— Comme tu veux.

Il a vidé son verre, puis il s'est levé.

— Tu ferais peut-être bien de dormir un peu. Nous arriverons à Pelion en début de matinée. Et la journée sera chargée.

6.

Hercules

Je m'attendais à toutes sortes d'actes de rébellion de la part de Marissa, mais ce refus de vivre réellement comme mari et femme m'a complètement désarçonné.

S'il y avait bien une chose sur laquelle j'étais certain que nous pouvions compter pour cimenter notre couple c'était notre passion mutuelle.

Certes, au début notre relation était restée chaste, mais quand la passion nous avait enflammés elle l'avait fait de manière spectaculaire. C'était pour moi un souvenir inoubliable. Alors ce rejet… C'était insupportable.

J'ai serré les dents. Pourquoi étais-je aussi atteint par l'attitude de Marissa ? J'avais des problèmes beaucoup plus urgents à régler que sa réticence à devenir ma femme dans tous les sens du terme.

Avant tout, il fallait que je parle à mon père.

Il n'était pas question d'amener Marissa, sa mère et Lily au palais.

Je les ai donc fait conduire dans ma propriété nichée dans la montagne, de l'autre côté de la capitale par rapport au palais.

D'une certaine manière la résidence de mon père et la mienne avaient été érigées sur deux collines opposées comme deux palais ennemis qui se défiaient.

Aujourd'hui, j'étais prêt.

Prêt à déclarer la guerre.

Je m'étais préparé. J'avais misé sur la diplomatie pour éviter à ma mère et à ma sœur de subir la colère de mon père.

Par chance, en ce moment elles se trouvaient sur la Côte d'Azur, leur lieu de villégiature favori.

Mais même si ça n'avait pas été le cas…

Mon père avait commis la faute impardonnable.

Il m'avait caché l'existence de mon enfant.

Je n'avais pas l'intention de rester diplomate.

On m'a laissé entrer dans le palais immédiatement, et je suis allé directement à la salle du trône.

Avec ses immenses halls d'obsidienne, ce palais lugubre et peu accueillant semblait sortir tout droit d'un roman gothique. Comme si la noirceur d'âme des membres de la famille Xenakis imprégnait ses murs.

Sans doute était-ce le cas.

Le cœur de ce palais était le souverain régnant.

Or il y avait beaucoup trop longtemps que mon père était assis sur le trône et qu'il en profitait pour répandre son poison.

Pour ma part, je comptais faire mieux qu'être le cœur de ce palais et de cette nation.

J'en serais le cerveau.

La raison en était très simple.

Beaucoup de gens pensaient que le cœur méritait d'être suivi. Que le cœur était la source de notre humanité. Mais moi, je savais que c'était une illusion.

Le cœur pouvait certes être une source d'humanité, mais il était avant tout générateur de cruauté.

Le cœur était dangereux. Et trompeur.

Toutefois, la raison triompherait. J'en étais persuadé. Je croyais à la raison.

La raison, je l'avais bafouée une seule fois.

Avec Marissa.

Mais contre toute attente Marissa était aujourd'hui la clé du salut de Pelion. Elle avait modifié le champ des possibles et par conséquent mon point de vue.

Ce qui était fascinant et mériterait sans doute d'être approfondi, mais plus tard. Pas au moment de croiser le fer avec mon père.

J'ai ouvert la porte à double battant de la salle du trône sans signaler mon arrivée.

Les deux agents des Services Secrets qui entouraient mon père ont sorti leurs armes et j'ai levé la main.

— Prince Hercules.

— Prince Hercules, ont-ils répété.

— À quoi dois-je ce plaisir ? a demandé mon père.

Je n'étais pas rentré à Pelion depuis un certain temps et j'ai été surpris en le voyant. Il semblait très diminué.

Ce n'était pas seulement le vieillissement. Dans la famille Xenakis on avait tendance à garder une robuste constitution jusqu'à la fin. Il paraissait faible et usé. Ce qui ne lui était jamais arrivé.

— As-tu quitté le lit de ta dernière traînée suffisamment longtemps pour t'occuper des affaires de l'État ?

Sa voix était ferme, et de toute évidence sa malveillance restait intacte.

— J'étais parti en mission d'investigation. Et je soupçonne que ce que j'ai découvert ne va pas te plaire.

— Vraiment ?

Ses yeux semblaient absorber la lumière plutôt que la réfléchir. Comme les murs d'obsidienne autour de nous.

Cette noirceur était mon héritage. Et j'allais me faire un plaisir de l'utiliser contre lui.

— Oui. Peut-être y a-t-il un secret que tu as oublié de me dire.

Loin d'être déstabilisé, il a pris un air suffisant.

— Oh ! il y en a beaucoup, Hercules. Tu t'imaginais que pendant tout le temps où tu n'as rien fait d'autre qu'essayer de me manipuler, je n'en ai jamais fait autant avec toi ? Une erreur fréquente parmi la jeunesse. Tu te crois mieux informé. Plus malin. Et il ne te vient jamais à l'esprit que je suis peut-être un adversaire à ta mesure.

J'ai eu une moue dédaigneuse.

— Je ne suis pas comme toi.

— Peut-être. Mais que nous soyons pareils ou non, nous sommes de la même force.

— Tu es un monstre.

— Si des monstres ont vécu pendant des siècles dans des cavernes tout en terrorisant les gens des villes, ce n'est pas parce qu'ils sont stupides. Il n'est pas nécessaire d'être bon pour gagner, Hercules. Tu ferais bien de ne pas l'oublier. Si tu considères qu'une morale rigoureuse mène forcément à la victoire, tu risques d'être déçu.

— Ce n'est pas exactement de morale que je suis venu te parler. J'ai trouvé mon enfant.

Cette fois, il a paru désarçonné.

— Ah bon ?

— Oui.

— Sa mère ne s'est pas fait prier pour renoncer à te prévenir contre de l'argent.

— Parce que tu lui as fait croire que c'était ma volonté. Marissa est une femme fière, qui ne s'abaisserait jamais à me demander quoi que ce soit, mais qui ne pourrait pas non plus imposer à son enfant de vivre dans la rue.

Les paroles de Marissa résonnaient dans mon esprit et je ne doutais pas de sa sincérité.

— C'est une femme qui possède une force et une dignité extraordinaires. Elle a fait ce que nous aurions tous dû faire ces dernières années. Elle a élevé Lily. L'héritière du trône de Pelion. Nous lui devons la même chose qu'à tous les souverains qui l'ont précédée.

— Une fille.

Mon père a eu une moue méprisante.

— Bien sûr, tu as engendré une fille.

— Elle sera reine. Elle me succédera, et si je n'ai pas réussi à remédier à tous les problèmes que tu as créés dans ce pays elle finira le travail.

— Tu t'imagines que je vais abdiquer en ta faveur ? Pour elle ?

— Tu n'as pas le choix. Tu as atteint les soixante-dix ans. Et tu commences à être diminué par l'âge. Ça se voit.

Il a pouffé.

— Ce n'est pas l'âge. C'est la maladie. On dit depuis longtemps que je suis trop cruel pour mourir. Je soupçonne que nous verrons bientôt si c'est vrai ou non.

— Abdique maintenant.

— N'éprouves-tu donc rien du tout pour ton père ?

— Non. Et je ne vois pas en quoi ça pourrait te choquer alors que tu m'as privé de mon enfant. Je viens de te dire que j'ai ramené ta petite-fille à Pelion et ta seule réaction c'est de manifester ton mépris pour son sexe. Non, je n'éprouve aucune affection pour toi. Aucune. Tu n'en as jamais eu pour moi. Et tu n'en as pas eu pour elle. Je n'hésiterai pas à recourir au coup d'État. Nous pouvons régler ça dans le sang, si c'est ce que tu souhaites.

— Et si le sang versé te touchait de trop près ?

— Si tu menaces ma famille je suis prêt à t'éliminer tout de suite, de mes propres mains.

— Pas de menaces, Hercules. Nous sommes des gens civilisés, non ? Le combat politique se mène mieux avec des mots et de la bureaucratie, tu ne crois pas ?

— Le combat est déjà gagné. Livrer bataille contre toi serait une perte de temps. J'épouse Marissa dans moins de deux semaines. La date du mariage ne change pas. Et le jour de ce mariage, tu abdiqueras.

— Vraiment ?

— Oui. Parce que si tu refuses, j'informerai tout le pays de ce qui s'est passé avec Lily. Sois certain que je ruinerai définitivement ta réputation. Quelle trace veux-tu laisser dans l'Histoire, père ? Parce que dans ton état, ça devrait être ta première préoccupation.

— Je vais avoir besoin d'une équipe médicale. Et d'une résidence.

— Tu ne manqueras de rien. Tu bénéficieras d'une indemnité de licenciement très généreuse. Et aux yeux du monde, la succession se déroulera comme il se doit. Personne ne saura que j'ai été obligé de t'arracher le trône.

— Si je résistais, que ferais-tu ?

— J'aurais l'armée de mon côté, père. Et tu le sais aussi bien que moi. Quoi que tu en dises, le sang versé serait le tien.

Mon père était mourant et je savais que s'il discutait ce n'était pas parce qu'il voulait rester sur le trône. Il était clair qu'il n'aurait bientôt plus l'énergie nécessaire pour gouverner.

Non, mon père discutait parce qu'il ne voulait pas perdre la bataille contre moi. Même si elle était perdue d'avance.

Parce que je ne l'affrontais pas par mesquinerie mais pour le bien du peuple et de mon pays.

— Tu as jusqu'au mariage pour vider les lieux. Nous informerons le Conseil de la transmission du pouvoir, nous annoncerons à la presse le changement de mariée, et nous élaborerons une explication plausible au fait que je viens seulement d'apprendre l'existence de ma fille. Si d'ici là tu fais quoi que ce soit qui ne me convienne pas, cette explication se rapprochera davantage des faits que de la fiction et le résultat ne te plaira pas.

Vu son ego démesuré, mon père ne prendrait pas le risque de voir la vérité éclater. J'en avais la conviction tandis que je traversais la ville pour rentrer chez moi.

Étant mourant, on pouvait penser qu'il n'avait rien à perdre. Ce n'était pas faux. Mais je savais que pour mon père, l'image qu'il laisserait dans l'histoire était primordiale.

Était-il conscient que c'était moi qui avais le contrôle de cette image ? Quoi que je lui dise tant qu'il était encore vivant, je pourrais toujours faire le contraire après sa mort.

C'était sans doute la tragédie suprême pour un homme qui cherchait à tout contrôler dans sa vie. Un homme qui estimait ne pas devoir le moindre égard à son fils.

Mais même mon père était incapable de manipuler la mort. Et une fois qu'il serait parti, il n'aurait plus de pouvoir sur rien.

Je ne me sentais pas chez moi dans la propriété sur la colline.

J'ai toujours eu le sentiment d'habiter chez mon père, dans une demeure tristement contaminée par les méfaits des générations précédentes.

Il y avait une chose dont mon père serait témoin avant sa mort, c'était la joie de notre peuple quand il quitterait enfin le pouvoir. Et il fallait reconnaître que cette perspective me causait un immense plaisir.

Mon mariage serait l'occasion de réjouissances dont l'ampleur dépasserait sans aucun doute toutes les prévisions.

Une évidence à laquelle je n'avais pas encore songé m'est apparue brusquement. Bien que n'étant pas originaire de Pelion, Marissa serait une mariée très appréciée pour la simple raison que c'était à elle que le pays devrait l'abdication de mon père.

Contrairement au palais, ma résidence était très lumineuse. Grandes fenêtres, murs blancs et sol de marbre.

Non pas parce que j'étais une créature vertueuse, mais parce que même les démons finissaient par se lasser de l'enfer.

J'avais tellement l'habitude que les membres du personnel soient invisibles et que tout soit dans un certain ordre que la vue de deux silhouettes tranchant sur le blanc du salon – celles de Marissa et de Lily – m'ont pris de court.

— Tu es de retour, a-t-elle dit.

— Oui.

J'ai tenté de surmonter les réactions que provoquait en moi leur apparition. Quand je regardais Lily, j'étais envahi par une émotion que je ne parvenais pas à identifier.

En revanche, je savais ce que j'éprouvais pour Marissa.

Et je trouvais détestable le pouvoir qu'elle avait sur moi.

— L'endroit n'est pas à votre goût ? ai-je demandé d'un ton brusque.

— Lily a voulu visiter toute la maison.

— Je n'ai jamais vu une maison aussi grande. C'est le palais ? a demandé Lily.

Je me suis efforcé de prendre une voix plus douce :

— Non. Nous déménagerons dans le palais après le… mariage.

Les yeux de Lily se sont mis à briller.

— Tu vas te marier avec ma maman.

— Oui. Et elle deviendra une princesse, elle aussi.

Lily était visiblement enthousiasmée par ce qu'elle devait considérer comme un vrai conte de fées. Elle a entouré de ses bras la jambe de sa mère.

— Nous serons princesses ensemble.

Marissa lui a tapoté le dos avec un sourire contraint.

— Oui, ma chérie.

— Je peux aller chercher Nana ?

— Bien sûr.

Lily monta l'escalier en courant, ses boucles brunes se balançant derrière elle.

— Que faisais-tu ? a demandé Marissa.

— Ça ne te concerne pas. Souviens-toi, j'ai l'autorisation de voir qui je veux quand je veux. C'est toi qui l'as décrété, Marissa. Pas moi.

— Ce n'était pas une question à propos de ta vie privée, Hercules. Mais de ta vie de prince.

— Je suis allé parler à mon père. Et par miracle j'ai réussi à ne pas le tuer.

Je me suis dirigé vers le bar et je me suis servi un whisky. Et tant pis si c'était une béquille. Dans certaines circonstances, l'alcool ne faisait pas de mal.

— Je vois.

— J'ai toujours su que c'était un monstre. Mais il m'a privé de mon enfant, Marissa. Je ne peux pas le lui pardonner.

— Pourquoi le ferais-tu ? Si c'était vraiment toi qui m'avais payée pour que je disparaisse de ta vie et si tu étais revenu par la suite en me disant simplement que tu avais changé d'avis… Si pendant toutes ces années tu avais connu l'existence de Lily, je ne t'aurais pas pardonné. Il y a des choses qui sont tout simplement impardonnables.

J'ai pensé à elle telle qu'elle était à l'époque. Jeune, enceinte et seule. Et pour la première fois, j'ai réussi à faire abstraction de ma rage et à la voir réellement comme une victime.

Pendant des années je l'avais considérée comme une traîtresse. Et ensuite, le choc reçu en découvrant que j'avais un enfant…

Ça m'avait mis mon univers sens dessus dessous.

Avant que je prenne conscience des implications politiques de cette découverte et des nouvelles possibilités qui s'offraient à moi.

— Je vais avoir besoin de toi, ai-je déclaré.

Mieux valait éviter de s'appesantir sur le passé. Sur ce qui aurait pu être, sur ce qu'elle était pour moi. Sur l'angoisse qu'elle avait dû ressentir. Seule, le cœur brisé…

Quand j'avais couché avec elle, j'avais été conscient de franchir une limite que je m'imposais d'ordinaire.

J'évitais d'avoir des aventures avec des filles vierges. Les conséquences étaient trop imprévisibles.

Mais mon attirance pour Marissa était trop forte et j'avais décidé de céder à la tentation.

Par la suite, quand elle avait disparu, je lui avais attribué le rôle de la femme perfide tout en sachant pertinemment qu'elle n'avait jamais connu d'homme avant moi.

Marissa.

Oui, mieux valait éviter de s'appesantir sur le passé. C'était sur le présent qu'il fallait se concentrer.

— Besoin pour quoi ? a-t-elle demandé.

— Il faut parler à la presse.

— Pourquoi as-tu besoin de moi pour ça ?

— Parce qu'il faut que je montre au monde le visage de ma nouvelle fiancée. La nouvelle va susciter un grand intérêt.

— Je suis épuisée.

— Et nous nous marions dans deux semaines. Dors maintenant, si tu peux. Essaie de récupérer. Demain, les journalistes seront ici.

— Dans la maison ? Je ne veux pas que Lily soit prise en photo.

— Tu dois comprendre que c'est inévitable. À partir de maintenant, Lily va être prise en photo toute sa vie. Elle va être une personnalité. Un objet d'intérêt et de curiosité. Il vaut beaucoup mieux décider nous-mêmes du moment où elle doit être prise en photo et faire appel à des photographes officiels. Ce sera beaucoup mieux ainsi, crois-moi.

— Je… Elle est encore toute petite. Et tout ça est très nouveau.

— Demain, je n'aurai besoin que de toi. Mais tu devras jouer ton rôle avec conviction. Quels que soient tes sentiments personnels à mon égard… tu devras avoir l'air d'apprécier que je te touche.

L'atmosphère est devenue électrique et elle s'est mordu la lèvre.

J'ai tendu la main, puis je l'ai laissée retomber aussitôt. Pas question de la toucher. Pas question de lui accorder ce genre de pouvoir.

C'était moi qui avais pris la situation en main.

C'était moi qui détenais le pouvoir. Pas elle.

7.

Marissa

J'ai très mal dormi. Certaine que Lily ne serait pas à l'aise dans ce nouvel environnement, j'attendais qu'elle vienne dans mon lit, mais elle n'est pas venue.

Quand je me suis réveillée, très tôt le matin, incapable de rester plus longtemps au lit, je suis sortie dans le couloir sur la pointe des pieds pour aller jusqu'à sa chambre. Elle dormait au milieu d'un lit géant comme la petite princesse qu'elle était, les cheveux étalés sur l'oreiller.

Elle était très bien dans cette maison. Elle se sentait en sécurité. C'était moi qui avais un problème.

C'était moi qui avais un passé avec Hercules…

En soupirant, j'ai descendu l'escalier dans l'intention de boire un café. Je guettais aussi Hercules, mais il est resté invisible.

Quand le soleil a fini par se lever, j'ai eu le souffle coupé par la vue. Les montagnes tout autour de la maison, nimbées d'or, et en contrebas… la mer. La Méditerranée, scintillante comme un bijou précieux dans le petit matin.

Cet endroit était beau.

J'allais y vivre.

Au bord de la mer.

J'ai été surprise par le soulagement intense qui m'a submergée.

Lily et moi nous vivions relativement près de la mer à Boston. Nous ne la voyions pas de chez nous, mais nous pouvions facilement aller au port à pied.

Malgré cela, j'avais parfois la nostalgie de la beauté du littoral à Medland, avec ses dunes parsemées de grosses touffes d'herbe vert vif.

Ici, le paysage était différent mais la mer était toute proche. Et comme illuminée depuis les profondeurs.

Mon attachement à la mer était mystérieux et profond.

C'était sur le rivage que j'avais vu Hercules pour la première fois, et tout à coup ça m'a paru logique.

Je suis sortie sur la terrasse et j'ai regardé la mer pendant un très long moment. Jusqu'à ce que j'entende des pas derrière moi.

Ce n'était toujours pas Hercules.

C'était une femme, impeccablement habillée, coiffée et maquillée.

— Vous devez être Marissa ?

Elle parlait un anglais parfait, avec une pointe d'accent.

— Mon nom est Isabella. Je suis ici pour vous aider à vous habiller pour la conférence de presse.

En réalité Isabella n'était pas seulement là pour m'aider à m'habiller, mais pour me présenter une garde-robe complète, qu'elle avait constituée entre le moment de notre départ de Medland et notre arrivée à Pelion.

Nous avons mis de côté plusieurs vêtements à retoucher et nous avons choisi une robe rouge qui descendait jusqu'au genou de coupe classique, qui ne nécessitait que quelques points de couture. Isabella les a effectués en quelques minutes. Elle m'a ensuite coiffée avec habileté, en me promettant une séance ultérieure dans un salon.

Enfin, côté maquillage elle a accompli des miracles que je n'aurais jamais pu imaginer.

Avec une touche de blush et des faux cils, elle a donné du relief à mon visage et agrandi mes yeux.

— Prête pour les caméras, a-t-elle commenté.

Quand je me suis regardée dans le miroir, j'ai été stupéfaite.

— Je ne me reconnais pas.

— Le but ce n'est pas que vous ayez la même tête que d'habitude, c'est que vous ressembliez à une princesse.

Elle avait raison. Je ne me suis pas offusquée parce que ses propos n'étaient pas insultants. Ils reflétaient juste la réalité.

Hercules avait besoin de présenter au pays – au monde – une future épouse crédible. Une femme assez fascinante pour que la version officielle de l'histoire de Lily soit facilement acceptée.

Une version dont je ne savais rien, d'ailleurs. N'ayant toujours pas vu Hercules, nous n'avions pas eu l'occasion d'en parler.

Dès qu'elle a eu fini de me préparer, Isabella m'a conduite au rez-de-chaussée. Puis elle s'est éclipsée et Hercules est apparu.

— Nous allons rencontrer les membres de la presse dans le jardin, a-t-il dit en promenant son regard sur moi.

À la vue de la lueur qui s'allumait dans ses yeux, j'ai été parcourue d'un frisson.

— Elle a fait du bon travail.

— Oui, ai-je répondu.

— Nous allons leur dire que tu ignorais mon identité, et que de mon côté j'ignorais l'existence de Lily. C'est seulement quand l'annonce de mes fiançailles a fait les gros titres que tu as découvert qui j'étais, il y a quelques semaines. Tu es venue me trouver, non pas pour empêcher mon mariage, mais pour m'informer que j'avais une fille. C'est à ce moment-là que nous avons décidé qu'il valait mieux que nous l'élevions ensemble.

C'était si proche de la réalité… Mon cœur s'est serré. J'aurais pourtant dû me réjouir que cette version ne soit pas un pur mensonge. Mais…

— Ce n'est pas exactement le genre d'histoire qui risque d'enthousiasmer les gens.

— Que voudrais-tu ?

— Le problème ce n'est pas ce que je veux. C'est que cette histoire est très… pragmatique. Elle ne fait pas rêver. Or les gens ont envie de rêver. Ils vont vouloir entendre une belle histoire.

— Peut-être, mais nous nous marions pour des raisons pratiques.

— Oui, bien sûr, ai-je acquiescé d'une voix douce. Mais tu ne crois pas que l'annonce aurait plus d'impact si tu disais que, quand je suis venue te trouver, tu as pris conscience que… que j'étais ce qui t'avait manqué pendant tout ce temps ?

Ces mots avaient une saveur étrange, très douce. J'ai été assaillie par une bouffée de nostalgie. Et pire encore, d'espoir.

L'espoir était un démon en moi dont je ne parvenais pas à me débarrasser.

— Ça me plaît bien, a dit Hercules. Je vais m'en servir. Tu as raison, c'est beaucoup plus fascinant. Malheureusement, il n'y a pas grand-chose à faire pour ménager la susceptibilité de Vanessa.

— Elle t'aimait ?

— Non, je ne crois pas. Elle va être furieuse de ne pas devenir reine. Là-dessus il n'y a aucun doute. C'est son objectif depuis toujours. Elle a toujours su qu'elle était l'épouse la plus appropriée de tout le pays pour le prince héritier.

— La filiation.

— Oui. C'est très important quand on est de sang royal.

— J'étais loin d'être toujours d'accord avec mon père, mais… il m'a appris qu'un individu ne se définit pas seulement par son ascendance. Que ce qui importe avant tout c'est son âme. L'idée que l'ascendance l'emporte sur tout le reste m'est complètement étrangère.

— C'est un concept séduisant. Que la vie spirituelle d'un individu pourrait être plus importante que, disons, l'identité de son père. Mais d'après mon expérience, ce n'est tout simplement pas le cas. L'homme est un être de chair et de sang. Il a soif de pouvoir. Avant toute chose. Et l'argent l'aide à l'obtenir. Ensuite il peut édicter des règles. N'importe lesquelles. Que le pouvoir ne peut être transmis qu'en fonction des liens du sang, par exemple. Quand un homme a faim, il mange. Quand il désire une femme, il couche avec elle. Quand il est fatigué, il dort.

— Et que fait-il quand il est triste ? Quand il se sent seul ? Quand il a une crainte, ou un espoir, ou un rêve, à qui se confie-t-il ? Et quand il réalise ses espoirs et ses rêves, qu'est-ce que ça nourrit ? Son corps ? Ou son âme ?

— Je crois uniquement à ce que je peux voir et toucher.

— C'est très triste.

— En réalité, ce que l'homme fait passer pour des sentiments ou des rêves, ce sont tout simplement ses désirs égoïstes.

— Eh bien, pour la conférence de presse, nous ferions peut-être mieux de nous inspirer de ma philosophie plutôt que de la tienne.

— Probablement, oui.

Cette conversation avec Hercules a provoqué en moi un mélange surprenant de joie et de tristesse. Pourquoi ? Sans doute parce qu'elle me rappelait un peu celles que nous avions à Medland sur le rivage. Nous parlions alors de toutes sortes de choses.

Nos échanges me faisaient réfléchir sur le monde et sur moi-même.

Mais à l'époque il n'y avait pas le moindre cynisme dans ses propos. Comme s'il avait pris l'habitude de baisser sa garde avec moi.

J'ai étudié son visage. De nouvelles rides y étaient apparues pendant les cinq années où je ne l'avais pas vu. Au coin des lèvres, autour des yeux…

J'ai eu envie de les effacer. De lui faire remonter le temps.

Mais c'était impossible, bien sûr. Je le savais.

Nous étions dans le présent, et il m'a entraînée dehors. Avec ses allées en pierres naturelles qui sinuaient parmi les arbres et les plantes en pleine floraison, le jardin était magnifique.

L'équipe de sécurité était en place, et les quelques membres de la presse convoqués nous attendaient.

— Nous allons nous avancer face aux journalistes. Tu vas rester à côté de moi et ne t'inquiètes pas, tu n'auras pas à prendre la parole.

Je l'ai suivi et je me suis immobilisée à son côté les mains croisées devant moi, comme les épouses d'hommes politiques que j'avais pu voir à la télévision. J'ai fait de mon mieux pour prendre la même pose qu'elles. Ce dos droit, ce sourire éclatant et cet air résolu qu'elles semblaient obligées d'arborer, quelles que soient les fautes que leur mari était en train d'avouer.

— Je vous remercie d'être venus aujourd'hui pour recueillir cette annonce. Je reconnais que ce n'est pas une façon de procéder très orthodoxe, mais il m'a semblé que c'était la plus opportune. Une fois que j'aurais terminé, trois d'entre vous pourront me poser une question. Une seule question. Ensuite ce sera terminé et vous serez raccompagnés à vos véhicules.

Les journalistes brûlaient visiblement de curiosité, mais aucun ne s'aventura à prendre la parole.

— Pour commencer, mon mariage sera célébré à la date prévue. Cependant, il y a un changement concernant la mariée. Je ne vais pas épouser Vanessa, mais Mlle Marissa Rivero, originaire de Medland dans le Massachusetts.

À première vue, mon origine pouvait paraître prestigieuse.

Medland était réputé comme un des lieux de résidence favoris de l'élite de la côte Est. Mais n'importe quelle personne bien renseignée ne pouvait ignorer que si j'étais de Medland, je n'appartenais pas à cette élite.

Quand on était riche, on passait l'été à Medland. On n'y habitait pas.

Et on y était encore moins né.

— J'ai rencontré Marissa il y a quelques années, et nous avons vécu une belle histoire, poursuivit Hercules. Elle ignorait mon identité, et en raison de la discrétion que requiert mon rang, je ne la lui ai pas révélée. À un moment où nous avons été séparés parce que j'ai été obligé de rentrer à Pelion, elle a tenté de me joindre sans y parvenir. Et quand je suis retourné à Medland pour la retrouver, elle n'était plus là. En tombant par hasard sur un article de presse elle a fini par découvrir qui j'étais, mais elle n'a réussi à me joindre que tout récemment. C'est ainsi que j'ai appris qu'elle avait eu un enfant de moi.

Les journalistes n'ont pas réussi à contenir leur stupéfaction. Des exclamations étouffées ont fusé, puis un murmure a parcouru le groupe.

Hercules a levé la main. Le silence s'est fait instantanément.

— Je n'ai pas terminé. Lors de ces retrouvailles j'ai été très heureux d'apprendre que j'étais père, mais aussi de la retrouver. C'était une relation... à laquelle je n'avais renoncé que par la force des choses. J'ai tout de suite compris que je ne pourrais pas me résigner à une nouvelle séparation. Je suis bien entendu navré pour Vanessa, mais elle comprend les circonstances exceptionnelles qui m'ont obligé à rompre nos fiançailles.

Plusieurs journalistes ont bondi de leur siège, anxieux de poser une question avant les autres.

— Je n'ai pas terminé, a répété Hercules.

De nouveau, le calme est revenu aussitôt.

— Le jour de notre mariage, je serai couronné roi de Pelion et Marissa deviendra reine. Cette fois j'ai terminé.

Hercules a incliné la tête avant d'ajouter :

— À présent vous avez la parole.

Les mains se sont levées et les questions ont fusé de toutes parts, mais il a désigné un homme.

— C'est une question pour Mlle Rivero, a dit ce dernier.

Hercules m'ayant dit que je n'aurais pas à parler, je me suis demandé comment il allait réagir. Il n'a pas émis d'objection, si bien que j'ai tourné mon attention vers le journaliste.

— Avez-vous fini par le retrouver uniquement parce qu'il allait se marier ?

Mon cœur s'est mis à battre à grands coups et ma langue est devenue pâteuse. Je n'avais pas l'habitude de parler en public et je m'étais toujours arrangée pour ne pas avoir à le faire à l'église.

Mais aujourd'hui c'était pour Lily.

L'image que je donnerais aujourd'hui allait avoir une influence sur la sienne. Il fallait que je surmonte mon trac.

— Oui et non, ai-je répondu.

Ce qui était assez vrai.

— Je n'avais aucun moyen d'entrer en contact avec lui jusqu'au moment où j'ai appris dans la presse que ses fiançailles devaient être célébrées à Medland. C'est là-bas que j'ai pu lui parler… de notre fille. Le moment était très mal choisi, je sais. Mais croyez-moi, si j'avais eu la possibilité de le mettre au courant plus tôt, je l'aurais fait.

Hercules m'a regardée, le visage impénétrable. J'aurais donné cher pour pouvoir lire dans ses pensées.

— Un homme dans ma situation a des devoirs envers son pays, a-t-il déclaré. Légitimer ma fille, Lily, en fait partie. C'est mon héritière et la future dirigeante de la nation. Par conséquent, même si vous avez envie de vous perdre en conjectures à propos des motivations de Marissa, vous devez être conscient que ce mariage s'imposait.

« Quel genre d'homme, quel genre de roi serais-je si j'ignorais mon enfant ? Si je refusais de la reconnaître ? Quel genre d'homme serais-je si je remplaçais mon héritière par un autre enfant pour éviter de faire des vagues ? Mais il n'y a pas que les responsabilités, il y a aussi les sentiments. Et dès que j'ai revu Marissa j'ai su que je ne pouvais pas ignorer les miens. »

J'ai été stupéfaite. Les paroles qu'il venait de prononcer étaient en complète contradiction avec le discours qu'il m'avait tenu juste avant que nous sortions dans le jardin. Certes je lui avais suggéré de donner une touche de romantisme à l'annonce de notre mariage, mais je ne m'attendais pas à un tel plaidoyer. Il a passé un bras autour de ma taille et il m'a attirée contre lui. L'air m'a manqué. Mon esprit s'est vidé. J'ai été assaillie par des sensations qui m'ont donné le vertige. Plus rien n'existait que cet homme tout contre moi. Lui. Hercules.

Mon plus grand triomphe et mon plus grand péché.

L'homme qui avait fait de moi une femme. Et pas seulement dans le sens où on l'entendait généralement quand on employait cette expression. Non. Son attention m'avait donné de la force. Ses caresses m'avaient fait découvrir la passion. Son abandon m'avait rendue intrépide.

Et maintenant c'était sa main sur ma joue qui faisait battre mon cœur si vite que j'avais peur de tomber.

Quand sa bouche s'est posée sur la mienne j'ai cru que le monde explosait.

Elle était exactement comme dans mon souvenir. Chaude et ferme, mais encore plus délicieuse à cause de toutes les années de séparation.

C'était comme si je rentrais enfin chez moi.

Comme si je me battais depuis des années pour ouvrir une porte et qu'il venait de me tendre la clé.

Je sentais des murs s'effondrer en moi. Des murs derrière lesquels je m'étais réfugiée. Derrière lesquels j'avais oublié ce que c'était d'être une femme.

J'étais devenue la mère de Lily. Et quand j'avais assumé ce rôle je l'avais fait corps et âme, en oubliant délibérément la folle passion qui m'avait conduite à cette nouvelle étape de ma vie.

Mais cette passion n'était qu'assoupie.

Cette bouche…

Il a glissé sa langue entre mes lèvres et j'ai su que ce baiser n'était pas seulement destiné à la presse. Pour les journalistes, un baiser chaste aurait suffi.

Non, ce baiser était pour moi.

Pour me prouver que malgré ce que je prétendais, je le désirais toujours.

Bien sûr, je le savais déjà. Je n'avais pas besoin de ses petits jeux pour me le rappeler.

C'était d'ailleurs la raison pour laquelle je ne voulais pas partager son lit.

J'avais compris que j'étais trop vulnérable. Que je risquais de souffrir.

Mais pour l'instant j'étais juste enflammée.

Et ravie de me consumer.

Ses mains étaient chaudes dans mon dos. Comme la tentation était grande… Je mourais d'envie d'y succomber. C'était si bon de renoncer à la raison pour s'abandonner dans ses bras. J'en gardais un souvenir ébloui.

Il m'a fallu plusieurs minutes – en tout cas c'est l'impression que j'ai eue – pour prendre conscience que j'étais en train de me ridiculiser devant un parterre de journalistes. J'étais en train de perdre la tête dans les bras de cet homme devant témoins.

Mais c'était justement parce qu'on nous regardait que je ne pouvais pas interrompre ce baiser.

C'était une comédie.

Cette pensée a un peu calmé mon ardeur.

Hercules était avant tout en train de soigner son image. Il voulait faire comprendre aux journalistes qu'il avait décidé de m'épouser à la fois par devoir et par amour. Afin de convaincre son peuple qu'il serait un souverain plus humain que son père.

Quand nos bouches ont fini par se séparer, il a laissé son bras autour de ma taille. Et il a inspiré profondément. Juste une fois, mais avec une difficulté manifeste. Une lueur d'espoir s'est allumée en moi. Ce baiser ne l'avait peut-être pas laissé complètement froid...

Mais quelle importance ? me suis-je dit aussitôt. Ça ne devrait en avoir aucune pour moi.

Vraiment aucune.

— Vous voyez, a-t-il dit d'une voix un peu plus grave que quelques minutes plus tôt.

Un peu plus rauque.

— Il y a le devoir, mais il y a aussi quelque chose qui va au-delà. Ne pas rompre mes fiançailles avec Vanessa aurait été une grave erreur. C'était la solution de facilité, mais je ne suis pas un homme qui choisit la facilité. Je suis un homme qui agit dans l'intérêt de chacun. Et je ferai de même en tant que souverain. Je ne me contenterai pas d'imposer mon autorité comme mon prédécesseur.

« J'entreprendrai les réformes nécessaires pour améliorer les conditions de vie des habitants de Pelion, aussi bien du point de vue des libertés que du confort matériel. Je veux mettre fin aux privilèges exclusifs dont jouit la famille royale depuis trop longtemps. J'espère que vous considérerez la décision que j'ai prise concernant mon mariage comme révélatrice de la façon dont je compte gouverner le pays, et que vous la jugerez positive. »

Un autre journaliste se leva.

— Pas d'autres questions, annonça Hercules.

— Vous aviez dit trois, rappela le journaliste.

— En effet. Mais j'ai changé d'avis. Ce que je me réserve le droit de faire.

Sur ces mots, il m'a entraînée loin des journalistes et du brouhaha qui s'élevait derrière nous.

Une fois dans la maison j'ai dû m'appuyer contre le mur, soudain privée de toute mon énergie. C'était à cause du stress de la conférence de presse, me suis-je dit. Pas à cause de l'effet redoutable que me faisait Hercules.

— Tu t'en es bien sortie, m'a-t-il dit avec un regard appréciateur.

J'ai vu dans ses yeux qu'il était affecté lui aussi par ce qui s'était passé. Et mon cœur a fait un petit bond dans ma poitrine.

— Le mariage aura lieu dans deux semaines, a-t-il ajouté. Je ne doute pas que tu seras prête le moment venu.

— Je suis heureuse que tu n'en doutes pas, parce que moi… Nous ne nous connaissons pas vraiment, Hercules. Les moments que nous avons passés ensemble étaient des parenthèses dans nos vies respectives. Je suis une fille de pasteur qui a grandi sur l'île sans jamais la quitter avant d'être devenue adulte. Je n'ai été confrontée au monde réel qu'après la naissance de Lily. Et à ce moment-là j'ai été obligée de m'endurcir pour me protéger. Pour la protéger elle aussi. Pour ne pas me laisser submerger par la nostalgie de ce que j'avais quitté et qui m'a manqué terriblement pendant toutes ces années. Alors que toi… Ici tu es chez toi. Tout ce qui nous entoure est à toi. C'est ton héritage. Pas le mien.

— Mais c'est celui de Lily. Et avoir consenti à venir ici pour lui donner la possibilité d'en bénéficier est une démarche admirable de ta part.

Ce compliment m'a déroutée.

— C'est sans doute le premier commentaire approbateur auquel j'ai droit de ta part en tant que mère.

— J'ai eu le temps de réfléchir et de reconnaître que

ce que tu as fait il y a cinq ans… Tu n'as pas eu le choix. C'est mon père le coupable. Pas toi.

— Eh bien, je suis heureuse que tu ne me considères plus comme coupable.

— Il y a beaucoup à faire d'ici le mariage. Je vais avoir de nombreuses réunions pour préparer mon accession au trône ainsi que les mesures politiques qui seront prises tout de suite après. Je ne te verrai pas beaucoup ces deux prochaines semaines.

C'était un soulagement pour moi mais je ne le lui ai pas dit.

— D'accord. Ça ne devrait pas me poser trop de problèmes, étant donné que je ne t'ai pas vu beaucoup au cours des cinq dernières années.

— Lily sera enfant d'honneur au mariage.

Mon cœur s'est serré. Parce que sans en avoir vraiment conscience, c'était ce dont j'avais rêvé pendant toutes ces années. Qu'un jour mon prince viendrait, même en retard. Et que notre fille partagerait avec nous le grand jour.

Mais ce n'était pas notre grand jour. C'était celui de Lily, peut-être. Celui du royaume de Pelion. Et il fallait s'en réjouir. Mais ce mariage n'avait rien à voir avec Hercules et moi. Même si nous venions d'échanger un baiser enflammé, je devais absolument garder ça à l'esprit.

Si je l'oubliais, je risquais de replonger dans la même détresse que cinq ans plus tôt.

Or je n'étais pas certaine d'avoir l'énergie nécessaire pour en sortir plus forte cette fois encore. Je ne savais même pas si je serais capable d'en sortir.

— À dans deux semaines, ai-je dit avec un bref hochement de tête avant de m'éloigner.

Il fallait que je m'éloigne de lui. Il fallait que je sois forte.

Parce que ce n'était pas pour moi que ce mariage aurait lieu.

8.

Hercules

Le jour du mariage – le jour du couronnement – s'est levé sous un ciel clair et lumineux. Mon père était invisible et je n'en étais pas mécontent. Des membres du personnel m'ont appris qu'il se trouvait dans sa nouvelle résidence – un château imposant niché dans la montagne – et qu'il ne descendrait sans doute pas en ville.

C'était parfait pour moi. Je ferais une annonce aux médias concernant sa santé.

J'étais prêt.

Prêt à voir mes projets se concrétiser.

Chez moi, une routine s'était installée. Lily bavardait et remplissait les silences embarrassés qui s'installaient entre les adultes, et la mère de Marissa était ravie de jouer les nounous. Marissa avait suivi une formation intensive pour se familiariser avec les lois et les coutumes du pays, ainsi que les attributions de l'épouse du roi.

De mon côté, j'avais tout mis en place pour que la succession se déroule sans accroc et que je puisse rapidement abroger les lois iniques promulguées par mon père, qui maintenaient le peuple dans la pauvreté.

Je savais que le changement ne serait pas instantané, mais j'avais l'intention de faire en sorte qu'il soit le plus profond possible sous mon règne.

Lily serait témoin de ce changement et elle apprendrait à mon côté comment faire des réformes bénéfiques au pays et à ses habitants. Je ne doutais pas qu'une fois sur le trône elle gouvernerait dans le même esprit. Elle était d'une nature douce et généreuse qui ne cessait pas de me surprendre.

Ce qui m'amenait à me poser une question : Serait-elle une enfant aussi délicieuse si elle avait été élevée avec moi ?

Il y avait chez elle une délicatesse que je ne possédais pas. Et qu'elle ne pouvait tenir que de Marissa.

Je ne verrais pas cette dernière avant qu'elle fasse son entrée dans l'église pour me rejoindre devant l'autel, mais Lily était là, toute vêtue de blanc, des rubans dans les cheveux et un panier de pétales de fleurs à la main. Son visage s'est éclairé et elle a couru vers moi en ouvrant les bras.

Aussitôt je suis tombé à genoux. Comment pouvait-elle me faire un tel effet ? Je ne comprenais pas. Je n'avais jamais particulièrement apprécié les enfants. Je ne les détestais pas non plus, mais je n'avais pas beaucoup de contacts avec eux. Quand ma sœur est née j'avais quinze ans, mais mon père ne m'avait jamais permis de passer beaucoup de temps avec elle.

Mais devant Lily je vibrais de toutes les fibres de mon être, et j'étais prêt à déclencher une guerre pour elle.

D'ailleurs, c'était en quelque sorte ce que j'avais fait. Et pas du tout pour être juste avec elle, mais parce que je voulais l'avoir auprès de moi. Continuer à vivre comme avant en faisant comme si elle n'existait pas était inconcevable. Sur le plan affectif c'était une révélation pour un homme comme moi, surtout étant donné le père que j'avais eu.

Par moments ça me terrifiait.

Les actions d'un homme devaient être motivées par des impératifs moraux et non par ses désirs. Mon père se laissait guider par ses désirs et il n'avait pas été un bon père.

Pour ma part, je ne savais peut-être pas très bien jouer

mon rôle, mais j'avais une certitude. Je ne voulais pas lui ressembler.

— Papa, tu aimes ma robe ?

Je suis resté pétrifié, sans savoir quoi faire ni quoi dire.

— Oui, ai-je fini par répondre d'une voix étranglée.

— Elle est bien pour tourner comme ça.

Elle s'est mise à tournoyer en riant. J'ai été frappé par la liberté et la simplicité avec lesquelles elle faisait les choses.

Je n'avais jamais été un enfant insouciant. On ne me l'avait pas permis. Aurais-je été très différent si j'en avais eu la possibilité ?

Mais les regrets ne servaient à rien. L'adulte que j'étais devenu était celui dont avait besoin Pelion, mon pays. Et j'avais bien l'intention d'assumer mes responsabilités.

Y compris celle de veiller au bonheur de Lily.

Ce qui impliquait d'être un père moins dur que le mien l'avait été. Il n'était pas question que je brise l'entrain de Lily. Cette idée me broyait le cœur.

Je me suis relevé et je me suis dirigé vers l'autel en promenant mon regard autour de moi. Le nombre de personnes venues assister au mariage était impressionnant. Les gens avaient hâte de tourner la page du règne autocratique de mon père.

Cette page se tournait aujourd'hui.

J'ai continué à penser à l'avenir de mon pays tandis que les premières notes de musique s'élevaient. Tandis que ma fille avançait dans l'allée avec son panier et un sourire éclatant qui illuminait toute l'église.

La musique a changé et les gens se sont levés. J'ai retenu mon souffle, le cœur battant. Si j'avais été en train d'attendre Vanessa, ma poitrine ne m'aurait pas soudain paru beaucoup trop petite. Je le savais. C'était une évidence.

Et j'avais un mal fou à respirer.

Ce baiser…

Deux semaines plus tôt, mes lèvres s'étaient posées sur

celles de Marissa pour la première fois depuis des années. Et je me suis souvenu.

Je me suis souvenu pourquoi j'avais été pris de folie cinq ans plus tôt. Pourquoi j'avais été prêt à bouleverser ma vie et tout le reste pour goûter encore à cette passion qui nous consumait tous les deux. Une passion qui ne ressemblait à rien de ce que j'avais connu jusque-là. Marissa. Une saveur irrésistible et enivrante qui ne ressemblait à aucune autre.

La double porte s'est ouverte et la vieille église de pierre a semblé soudain inondée de soleil.

Marissa était un ange. Un ange de lumière venu me rejoindre en enfer.

J'allais l'emmener dans ce palais d'obsidienne, envahi par les ténèbres et imprégné de plusieurs siècles de désespoir.

Et je ne le regrettais même pas. Comment l'aurais-je pu ?

Sa robe tombait souplement jusqu'à ses chevilles et tournoyait autour de ses jambes à chacun de ses pas. L'encolure carrée révélait la naissance de ses seins splendides.

Ses cheveux bruns étaient relevés en chignon, mais des mèches bouclées encadraient son visage.

Heureusement, son maquillage était plus naturel que celui du jour de la conférence de presse. Ce jour-là elle était belle aussi – elle était toujours belle – mais sa beauté familière m'avait manqué.

Tandis qu'elle approchait lentement de moi, le décor autour d'elle s'estompa. Je ne voyais plus qu'elle.

Et elle s'imaginait que nous n'allions pas consommer notre mariage…

J'ai tendu une main tremblante et elle l'a prise.

Oui, ma main tremblait.

Je venais d'être projeté cinq ans en arrière, lors de cette nuit où nous nous étions retrouvés sur la plage, à Medland.

Elle était vierge et j'avais été profondément ému.

Qu'elle se soit donnée à moi. Et qu'elle l'ait fait avec joie en dépit de sa nervosité.

Ça avait été pour moi une leçon d'humilité. Je n'avais jamais éprouvé ce sentiment. Je n'avais jamais reçu un tel cadeau.

Devant l'autel j'ai été frappé par les parallèles entre cette nuit-là et cette cérémonie qui voulait qu'elle s'avance vers moi toute vêtue de blanc, comme une vierge conduite au sacrifice.

Mais elle n'était plus vierge.

Et elle ne s'offrait plus à moi comme un cadeau.

Je ne devais pas l'oublier.

Je ne l'avais pas prévenue de ce qui allait se passer après le mariage. Elle n'allait pas apprécier.

Mais la décision avait été prise, et je ne l'avais pas consultée. Elle allait devoir s'habituer à ce genre de choses.

L'échange de consentements m'a semblé particulièrement solennel. Peut-être parce que je m'engageais à la fois envers elle et envers mon pays. Et aussi envers Lily.

Mais si ces pensées occupaient mon esprit, elles se sont bientôt estompées. Le moment d'embrasser la mariée approchait et j'étais sur des charbons ardents.

Quand le pope a prononcé la formule consacrée, j'étais fin prêt. Et le fait que nous soyons dans une église pleine de monde n'avait aucune importance. Tout ce qui comptait c'était elle.

J'ai pris son visage entre mes mains et la douceur de sa peau m'a fait frissonner. Je me suis incliné pour humer son parfum. Sa beauté. Sa perfection.

Puis j'ai goûté ses lèvres.

Lentement d'abord, en l'encourageant à me répondre.

Et elle m'a obéi.

J'avais envie de me repaître d'elle, mais j'étais quand même conscient qu'il y avait des limites à ce que je pouvais me permettre dans cette église. J'ai donc mis fin à ce baiser, à mon grand regret.

Nous avons alors été déclarés mari et femme. Aussitôt

après j'ai prêté serment en tant que nouveau roi de faire passer les intérêts de Pelion avant tout le reste, puis elle a fait de même en tant que nouvelle reine.

C'était étrange, mais son serment était un mensonge et je le savais. Elle ne ferait pas passer le royaume avant tout le reste, parce que sa priorité absolue serait toujours Lily. Ce qui ne me déplaisait pas. Nous aurions chacun notre rôle.

Une fois la cérémonie terminée, j'ai pris Lily dans mes bras et elle a passé les bras autour de mon cou comme si c'était la chose la plus naturelle du monde.

Pour moi ce n'était pas le cas. Pas encore. Mais sa spontanéité a été pour moi une expérience unique.

Nous poserions pour les portraits officiels plus tard, mais cet instant était celui des premières photos de famille.

Famille.

Un mot courant utilisé très souvent et par tout le monde, même si chez les Xenakis on parlait plus volontiers de sang. Cet élément essentiel qui faisait que quelqu'un était digne ou pas d'intérêt pour mon père.

Pour moi il prenait soudain un sens très différent, sans que je sache très bien pourquoi. Ce qui était à rajouter à la liste des nombreuses choses qui me déstabilisaient depuis deux semaines.

Une fête était prévue après le mariage mais nous n'y assisterions pas. Ce n'était pas l'usage pour les couples royaux. Soit ils célébraient l'événement en privé avec un nombre réduit de personnes, soit ils faisaient ce qui avait été prévu pour nous.

J'ai reposé Lily sur ses pieds, je lui ai pris la main et nous avons descendu l'allée centrale tous les trois ensemble.

La mère de Marissa, qui avait suivi la cérémonie depuis le premier rang, s'est jointe à nous et nous sommes entrés dans une petite pièce située à gauche du portail. Je me suis accroupi devant ma fille.

— Ça ne te pose pas de problème de rester avec Nana pendant une semaine ?

Elle a plissé le front.

— Quoi ?

— Nous allons déménager dans le palais mais ça va prendre un peu de temps.

Entre autres parce que j'avais prévu de faire enlever du palais tout ce qui venait de mon père.

— Et ta mère et moi nous partons en voyage de noces.

— Tu n'as jamais parlé d'un voyage de noces ! s'est exclamée Marissa d'une voix étranglée.

— En effet. Parce que je me doutais que tu protesterais. Mais c'est un point au sujet duquel toute protestation est inutile, ma reine. C'est la tradition qui veut que nous nous retirions pendant une semaine sur notre île privée, loin des projecteurs et de tout le monde. Elle a été préparée pour notre arrivée, et il est hors de question de ne pas y aller.

— Y serais-tu allé avec Vanessa ?

— Oui. Comme l'impose la tradition.

— Notre accord tient toujours.

J'ai serré les dents. S'imaginait-elle vraiment qu'il était tenable ?

— Il tient toujours.

— Tu aurais pu me consulter.

— Tu avais d'autres projets ?

Mon ton sarcastique n'était peut-être pas du meilleur effet devant ma belle-mère, mais après tout j'étais le roi.

— Tu sais bien que non.

— Lily et vous, vous disposerez de la maison pendant que le palais sera préparé, ai-je dit à ma belle-mère. Quand Marissa et moi nous reviendrons, nous nous y installerons tous ensemble.

— Ça va ? a-t-elle demandé à sa fille.

— Oui, ça va. Même si je ne suis pas ravie.

— Il faut y aller, ai-je dit.

— Maintenant ?

Marissa semblait horrifiée.

— C'est un problème ?

— Je n'ai jamais quitté Lily.

— Tu reviendras, a dit Lily en tapotant le bras de sa mère d'un geste apaisant.

Marissa l'a regardée d'un air interdit.

— Oui…

— Et je serai avec Nana.

— Oui, a répété Marissa.

— Dans ce cas, c'est réglé, ai-je dit.

— Il faut que je garde cette robe ?

— Non, bien sûr. J'ai fait préparer ta tenue de voyage.

— Qu'est-ce que c'est ?

— Quelque chose qui convient à une lune de miel sur une île privée.

9.

Marissa

J'étais mariée et j'étais reine.

Mais ce qui me préoccupait le plus c'était que je partais pour une île privée, vêtue d'une robe dorée très courte, avec un homme auquel j'allais avoir beaucoup de mal à résister s'il décidait de se montrer entreprenant.

J'étais en proie à des émotions contradictoires qui me déstabilisaient au plus haut point. Je me sentais terriblement coupable de quitter Lily, mais en même temps j'éprouvais une euphorie très étrange.

Depuis que j'avais mis Lily au monde quatre ans plus tôt, je n'avais jamais passé une seule nuit loin d'elle. Et voilà que j'allais passer une semaine sur une île en tête à tête avec cet homme. Plus aucune responsabilité. Plus rien.

C'était une invitation au genre de péché auquel j'avais goûté fugitivement cinq ans plus tôt. Si seulement les choses n'étaient pas aussi compliquées…

Les soins esthétiques dont j'avais bénéficié au cours des deux dernières semaines m'avaient rappelé… que j'étais une femme.

Les deux baisers que j'avais échangés avec Hercules au cours des mêmes semaines m'avaient également rappelé que j'étais une femme.

Pas seulement une mère. Une femme. Une femme sensuelle, même si j'avais tenté de réprimer ma sensualité.

Lily était en de bonnes mains et l'île promettait d'être un lieu enchanteur. Si je ne craignais pas de manquer de volonté, tout irait bien.

Mais Hercules était si séduisant, si sensuel… J'en avais encore eu la preuve quand il m'avait embrassée aujourd'hui dans l'église. Mais au moins à ce moment-là, il y avait entre nous les différentes couches de tissu de ma robe de mariée. Alors qu'à présent je ne portais plus qu'une minirobe en voile incrusté de pierres, et j'avais l'impression d'être beaucoup plus exposée à la chaleur de son corps.

— Pourquoi as-tu gardé ton smoking ? ai-je demandé alors que notre avion atterrissait.

— Parce que tu n'as pas choisi de tenue pour moi.

Il a eu un petit sourire malicieux qui a fait battre mon cœur. Je ne l'avais pas vu aussi détendu depuis…

Très longtemps.

— Peux-tu vraiment t'absenter une semaine entière juste après avoir été couronné ?

— Oui. Toutes les dispositions indispensables à une transition en douceur ont déjà été prises. Je savais que je serais absent. Et de toute façon, nous ne sommes qu'à vingt minutes de vol de la capitale. Nous pouvons rentrer rapidement si nécessaire.

J'ai pensé à Lily et cette idée m'a réconfortée.

— Il n'y a personne d'autre que nous ici, a-t-il dit quand la porte de l'avion s'est ouverte.

— Il y a le pilote.

— Il repart tout de suite.

Il m'a tendu la main et nous avons descendu la passerelle.

Le paysage était d'une beauté à couper le souffle. L'île était un petit paradis sauvage au milieu de la Méditerranée. Je n'aurais jamais imaginé qu'un endroit pareil puisse exister, et encore moins qu'il puisse faire partie de l'héritage d'Hercules, que j'avais toujours vu comme un parfait citadin.

Il m'a entraînée vers une voiture garée au milieu de la piste d'atterrissage en annonçant :

— La maison est de l'autre côté de l'île.

— Sur une hauteur ?

— Bien sûr.

— C'est pour la vue que les gens riches vivent sur les hauteurs ?

— Oui. Et pour rappeler aux autres quelle est leur place dans le monde. Comment les gens peuvent-ils avoir pleinement conscience de notre supériorité si nos maisons n'occupent pas une position dominante ?

— C'est logique. Mais il y a d'autres façons d'affirmer sa supériorité par rapport aux autres. Mon père utilisait la religion pour ça avec une efficacité redoutable.

— Ton père t'a mise à la porte ?

— Oui. Quand il a su que j'étais enceinte.

Il a démarré et j'ai admiré le paysage aux couleurs éclatantes, du rose vif des fleurs des bougainvilliers au bleu scintillant de la mer.

— Ton père est mort, a repris Hercules après un instant de silence.

— Oui.

— Et c'est pour ça que tu as pu te réconcilier avec ta mère.

— Oui. Elle s'échappait de temps en temps pour venir nous voir. Elle lui mentait. Il la contrôlait mais… pas autant qu'il le croyait. Il était… terrible. Il aimait davantage le pouvoir que Dieu. Et les gens lui faisaient confiance. Moi aussi, d'ailleurs. Je croyais ce qu'il disait parce que j'étais ignorante.

« Je croyais vraiment que je n'avais pas d'autre choix que de culpabiliser toute ma vie parce qu'il y avait quelque chose qui clochait chez moi. Il n'est pas nécessaire d'avoir de l'argent pour rabaisser les gens. Mais au bout du compte…

quand ils disparaissent, je ne pense pas que les gens comme mon père laissent beaucoup de regrets dans les cœurs. Moi, ce que je regrette surtout c'est ce qui aurait pu être. »

— Vraiment ?

— J'essaie d'éviter les regrets, mais par moments je ne peux pas m'empêcher de me demander comment aurait été la vie si nos relations avaient été différentes. Et puis je prends conscience que pour cela il aurait fallu qu'il soit lui-même très différent. Ce qui était impossible. C'est triste mais c'est comme ça.

— Tout ce qui compte pour le mien, c'est de laisser dans les livres d'histoire l'image qu'il souhaite.

Hercules a eu un petit rire avant d'ajouter :

— Je ne sais pas comment il pourra savoir si c'est le cas, mais peut-être que depuis l'enfer la vue est dégagée…

Je suis restée silencieuse, et quelques instants plus tard la maison est apparue. Je pensais que ma capacité d'ébahissement était épuisée, mais je me trompais. Le luxe pouvait encore atteindre des niveaux propres à me couper le souffle.

La maison, dont la façade était apparemment tout en verre, semblait faire partie intégrante de la falaise, face à la mer. Si celle de Pelion était splendide, je ne trouvais pas les mots pour décrire celle-ci.

L'intérieur, inondé de lumière, était encore plus sublime. Tout était blanc, comme dans l'autre maison.

— Tu sais, ce n'est vraiment pas une couleur idéale pour des enfants.

— Des enfants ?

Pour la première fois, j'ai entrevu l'avenir. Un avenir possible, en tout cas. Qui me serrait le cœur autant qu'il le gonflait d'espoir. C'était une sensation très étrange.

Des enfants. Au pluriel. Je n'avais pas eu l'intention de dire ça, mais c'était bien trop facile à imaginer.

Avoir d'autres enfants avec lui. L'avoir auprès de moi quand j'aurais des nausées et que mon ventre s'arrondirait.

Quand le bébé ne dormirait pas la nuit. Le voir tenir dans ses bras une minuscule vie que nous aurions créée ensemble.

J'ai dégluti péniblement.

— Je parlais des enfants en général.

— Bien sûr.

— Lily pourrait facilement transformer cette pièce en œuvre de Pollock en dix minutes.

— Je n'en doute pas un seul instant. Cependant, je dois te dire que cette cachette n'a pas été conçue pour des enfants.

— Ça semble évident.

— C'est depuis toujours l'endroit où les souverains peuvent s'échapper pour prendre du bon temps.

— Tes parents venaient ici ensemble ?

— Non. Mon père y amenait ses maîtresses. Mais j'ai fait raser la maison qu'il utilisait. Les travaux de reconstruction ont duré cinq ans. C'est la première fois que je viens ici depuis qu'ils sont terminés.

— Je trouve ça réconfortant.

— C'est ce que j'ai pensé. L'idée d'amener son épouse en lune de miel dans l'ancien lieu de débauche de son père a quelque chose de très déplaisant. Je n'aurais même pas aimé y venir seul. Mais comme je l'ai dit, il ne reste rien du bâtiment d'origine.

Il y a eu un silence, puis il a ajouté :

— Nous voici donc ici pour notre lune de miel.

— Oui.

— Tu es libre de changer d'avis à propos de la règle que tu as décrétée.

J'ai eu soudain la gorge sèche. Comme si je mourais de soif. Et comme si j'avais devant moi la seule chose qui pouvait étancher cette soif. Lui.

J'ai reculé d'un pas.

— Non.

— Dans ce cas, tu trouveras ta chambre au bout du

couloir. À l'étage. Tu seras tranquille. Nous pouvons très bien vivre dans la solitude pendant une semaine.

— Nous ne sommes pas obligés de rester dans la solitude.

Il a dardé sur moi un regard étincelant.

— Si. Crois-moi.

En théorie il était facile de rester isolé, mais en pratique c'était plus compliqué. Ma chambre était somptueuse et la vue sur la plage de sable blanc fantastique. Quant à la mer, j'aurais pu la contempler avec fascination pendant des jours entiers. Mais j'avais trop envie de me baigner.

En fait, nous étions seuls sur l'île et malgré tout l'espace dont nous disposions nous semblions avoir du mal à nous éviter.

Nous nous croisions dans l'escalier. Nous nous retrouvions dans la cuisine. Le plus problématique c'était la cuisine. Parce qu'il y avait quelque chose d'intime dans les gestes du quotidien qu'on y accomplissait. Ouvrir et fermer les placards. Sortir la vaisselle. Brancher la bouilloire. La banalité de ces actions rendait la présence d'Hercules particulièrement troublante.

Il buvait du café. Il se promenait pieds nus.

Il me fascinait encore plus qu'à l'époque où il était pour moi une sorte de dieu inaccessible.

Le voir manger des fruits le matin ou faire son café me fascinait.

Mais je ne voulais surtout pas qu'il le sache.

Je l'observais du coin de l'œil, puis je repartais très vite pour retrouver la sécurité de l'isolement.

Je téléphonais à Lily, puis j'allais marcher sur la plage.

Le troisième jour, il m'y a retrouvée.

— Tu aimes la plage, n'est-ce pas ?

— Je n'ai rien connu d'autre pendant des années. Et c'est toujours là que j'allais quand je voulais être seule.

— Jusqu'à ce que tu me rencontres.

J'ai ouvert la bouche, mais je n'ai rien trouvé à répondre. Il avait raison. Jusqu'à notre rencontre, je cherchais l'évasion dans la solitude. Ensuite, c'était lui qui était devenu mon moyen d'évasion.

— Oui. Jusqu'à ce que je te rencontre.

— Parle-moi de Medland. De la vie là-bas.

— Pourquoi ?

Il m'a regardée comme s'il était incapable de répondre à cette question.

— Tu es la mère de ma fille, et bien que nous ayons beaucoup discuté à l'époque, nous avons toujours évité les sujets personnels. Un jour c'est une question qui risque d'être abordée dans une interview.

Je n'ai pas cru à cette réponse.

— Hors saison c'était très calme. Les gens qui y vivent toute l'année n'ont pas beaucoup d'argent. Leur condition sociale est modeste. On y vit un peu comme il y a quarante ans. Jusqu'à l'arrivée des résidents saisonniers. Et tu sais que Medland est un endroit très prisé de la haute société. Membres de familles royales, comme toi. Politiciens. Acteurs. Pendant quelques mois, un des endroits les moins animés et les plus modestes qu'on puisse imaginer est envahi par une foule de célébrités venues du monde entier.

« C'était étrange et merveilleux de grandir dans un endroit pareil. Et en tant que fille de mon père c'était… spécial. J'ai suivi toute ma scolarité à la maison. Je ne suis jamais allée à l'école, et de toute façon aucun élève n'aurait voulu se lier avec moi parce que… tout le monde aurait eu peur que mon père soit au courant des péchés de chacun. »

— Moi j'étais libre de faire tout ce que je voulais. Mon père se moquait que je mène une vie de débauche ou non. Tout ce qu'il voulait c'était que je sois fort. Résistant. Il voulait faire de moi une arme. À son service. Et il voulait que je sois comme lui. Que je place la quête du pouvoir au-dessus de tout le reste, pour consolider le sien et celui de sa postérité. Pour que notre famille continue à s'enrichir sur le dos des pauvres. Mais ça, ce n'est pas moi. J'ai su très tôt que je devais le battre. Pas le soutenir.

— Je ne connais pas beaucoup de fils qui seraient arrivés à cette conclusion d'eux-mêmes.

— Ça ne doit pas être si rare.

— Il a fallu que je te rencontre pour savoir que j'étais libre de mes choix. Que tu l'aies découvert tout seul, je trouve ça… fantastique.

J'avais envie de réduire la distance entre nous. Parce que je me sentais en terrain familier sur le sable, avec la mer pour témoin. Comme lors de nos discussions d'autrefois.

— De quelle manière a-t-il essayé de te rendre résistant ?

Je n'avais pas très envie de le savoir mais je n'ai pas pu m'empêcher de poser la question. J'étais très curieuse au sujet de cet homme. Je ne l'avais connu que fugitivement autrefois, mais ces quelques moments passés avaient compté plus que tout pour moi. Mais voulais-je vraiment avoir des relations intimes avec lui ? Après avoir insisté pour ne pas compliquer les choses entre nous…

— Ça n'a pas d'importance, a-t-il répondu.

— Si.

— Non, ça n'en a aucune. N'insiste pas.

Sur ces mots il est parti, me laissant seule. Comme j'en avais formulé la demande au départ.

Ce que je regrettais amèrement aujourd'hui.

10.

Hercules

Elle était la tentation même. Une tentation contre laquelle je n'étais pas aguerri. Mais à vrai dire, je n'avais jamais vraiment testé ma résistance à la tentation.

J'avais eu une enfance très rude, pendant laquelle mon père m'avait appris à supporter la torture. La faim. L'isolement.

Puis il m'avait dit qu'en tant qu'homme j'étais libre d'assouvir mes désirs, du moment que je n'en devenais pas dépendant.

J'étais donc capable de me passer de certaines choses. L'affection, la nourriture, l'eau.

Mais apparemment, j'étais incapable de me passer de Marissa quand elle était à proximité.

Elle me fascinait. Et je voyais que c'était réciproque. Quand elle s'approchait de moi, elle donnait des signes d'anxiété. Elle ressemblait à une petite souris qui s'aventurait auprès d'un gros chat. Elle me parlait de choses qu'elle aimait, les yeux brillants, puis elle prenait la fuite comme si elle avait peur que je lui saute dessus.

Elle n'avait pas entièrement tort d'avoir peur.

Je ne comprenais pas son besoin de résister à notre attirance mutuelle, mais elle semblait considérer ça comme un impératif moral.

En réalité… je la comprenais. Pourquoi prendrait-elle des risques avec un homme comme moi ?

Je n'avais pas l'habitude de me livrer à l'introspection, et pourtant ça m'arrivait de plus en plus souvent. Quand je m'interrogeais sur Marissa, je finissais toujours par m'interroger sur moi-même.

Tout se passait bien à Pelion, du moins d'après les nouvelles que je recevais. Tous les jours on me faisait par téléphone un rapport sur l'état de la nation. Je donnais les instructions nécessaires avant de quitter mon bureau.

Pour retrouver Marissa.

Pour me torturer.

Il me suffisait de la regarder pour être submergé de désir. Jamais je n'avais désiré à ce point quelqu'un ou quelque chose.

Et je faisais en sorte de me trouver en permanence dans son orbite, uniquement pour tester ma résolution. Pour tester ma résistance à la tentation.

Pourquoi la désirais-je à ce point ? Je n'en savais rien. Je ne l'avais jamais su.

J'en revenais toujours à la façon dont elle me regardait autrefois. Et à sa façon de me poser des questions avec une franchise et un naturel auxquels je n'avais jamais été habitué.

Je pensais à Marissa au lieu de réfléchir aux tâches qui m'attendaient, quand le téléphone a sonné.

— Votre père est mort, m'a annoncé un responsable du palais avant de me préciser que c'était apparemment un suicide.

Je suis resté incrédule. Mon père, l'homme le plus égocentrique du monde avait mis fin à ses jours ? Toute sa vie il n'avait pensé qu'à une chose, sa propre préservation.

Mais tout à coup, assis à mon bureau tandis que le soleil montait dans le ciel, assommé par le choc, j'ai compris.

Il avait choisi sa fin.

Et il avait choisi celle qui me poserait à coup sûr le plus

de problèmes. Parce qu'il savait que, face à un suicide, je ne manquerais pas de culpabiliser. Et si je culpabilisais, comment pourrais-je me résoudre à ruiner sa réputation ? C'était son ultime manipulation.

L'ultime supplice qu'il m'infligeait. Fou de rage, j'ai tenté de me ressaisir et de mettre de l'ordre dans mes pensées.

Devrais-je éprouver de la peine ?

De la colère ?

Parce qu'il était mort et que c'était sans retour.

Si seulement je pouvais encore lui dire quelques mots… Il ne saurait jamais. Il pensait avoir gagné.

Il ne comprendrait jamais que c'était lui qui était dans son tort.

Parce que je ne pouvais pas croire qu'il s'était tué dans un moment de désespoir. Non. Mon père était incapable de ressentir du désespoir.

Il ne comprendrait jamais. Jamais.

C'était une idée tellement effroyable.

Tout à coup, l'air m'a manqué. Ça m'a rappelé la fois où il m'avait enfermé dans une caisse quand j'étais enfant. Le genre d'entraînement que subissaient les militaires, m'avait-il expliqué. Le souverain de Pelion ne pouvait pas se permettre d'être moins endurant que les militaires qui protégeaient le pays. Parce que si ces derniers se rebellaient c'était au roi qu'ils s'attaqueraient en premier.

Prisonnier pendant des heures dans une caisse dans laquelle je ne pouvais même pas me lever.

Voilà comment je me sentais tout à coup. Incapable de respirer. Incapable de bouger. Or il fallait absolument que je sorte, parce que les murs de mon bureau étaient en train de se resserrer autour de moi. Alors qu'il y avait des baies vitrées partout.

Je ne connaissais pas ce sentiment d'impuissance. Je ne connaissais pas la faiblesse.

J'avais été conditionné pour ça dès l'enfance. Conditionné

par l'homme qui me mettait dans cet état aujourd'hui. Je le haïssais. Je ne l'avais jamais haï à ce point quand il était en vie.

Je me suis précipité au rez-de-chaussée, tandis que la noirceur qui était en moi menaçait de me submerger. Elle avait toujours été là. Je le savais. Je l'avais toujours su. Mais j'avais toujours réussi à la verrouiller.

Aujourd'hui elle était comme un torrent qui débordait de son lit, détruisant tout ce qui se trouvait sur son passage.

Par chance j'étais sur une île quasiment déserte.

À l'exception d'une personne.

Et je savais… Je savais que si elle m'approchait je la détruirais.

Je suis sorti de la maison d'une démarche titubante et j'ai pris le chemin qui conduisait à la plage. Elle était là. J'étais venu la retrouver. Parce que je n'avais plus la force de lutter. Ni contre moi, ni contre la bête qui était en moi, et encore moins contre le désir que j'éprouvais pour elle. Pourquoi avais-je résisté ? Pendant tout ce temps, pourquoi avais-je résisté ?

Pourquoi avais-je accepté ses interdits ?

J'étais le roi.

J'étais son mari.

Elle m'a regardé, les yeux brillants, les cheveux volant au vent.

— Fini de jouer.

Je me suis immobilisé à un pas d'elle.

— J'ai envie de toi. Ne me rejette pas.

— Que t'est-il arrivé ?

Je l'ai attirée contre moi et un petit cri étouffé lui a échappé.

— Tu es à moi. Tu es à moi depuis huit ans. Depuis la première fois que je t'ai vue sur la plage. Tu ne comprends pas que toutes les femmes avec qui j'ai couché depuis n'étaient que de pâles imitations ? Tu ne comprends pas que tu m'as ensorcelé et que tu m'as transformé en un monstre de frustration, moi qui n'avais jamais eu à désirer quoi que ce soit ? Qui n'avais qu'à demander pour obtenir ce que je voulais ? Sauf toi. Tu m'as quitté. Personne ne me quitte.

Je me suis souvenu de notre conversation lors de nos retrouvailles. Elle ne m'avait pas quitté. Elle était partie sur un malentendu…

— Te voilà, a-t-elle murmuré.

Elle ne semblait pas terrifiée. Ses yeux brillants scrutèrent mon visage, puis elle effleura mes lèvres du bout des doigts.

— Je t'ai déjà vu comme ça.

— Non. Tu ne sais pas qui je suis. Personne ne le sait.

— Si, je sais. Je l'ai vu. Le premier jour sur la plage. Ce n'était peut-être pas aussi près de la surface, mais je l'ai vu. Tu le caches aux autres. Tu te le caches à toi-même, mais c'est là, Hercules. Je sais que c'est là.

— C'est pour ça que tu t'es enfuie ?

— Non. Si je me suis enfuie ce jour-là c'est parce que j'avais très envie de courir vers toi. Et on m'avait prévenue. Avoir envie de quelque chose comme j'avais envie de toi… Sentir cette folie en moi… C'était forcément un péché. Alors j'ai fui la tentation. Et après nos retrouvailles, j'ai continué à fuir. Pas à cause de mon père ni pour sauver mon âme. Juste pour sauver… Je suis dans ton monde. Il faut bien qu'il y ait quelque chose du mien qui subsiste.

— J'ai besoin de toi.

C'était rageant de le reconnaître. C'était pour ça que je n'avais rien tenté plus tôt. Je ne voulais pas lui montrer à quel point j'avais besoin d'elle.

Mais je n'avais plus de fierté.

Mon père était mort, et pour la première fois de ma vie je ne savais pas quoi faire.

Alors j'avais couru vers elle.

Je n'étais pas un homme qui courait, et pourtant je l'avais fait.

Mais pas pour fuir quelque chose.

Pour la retrouver.

Je me demandais si elle allait me rejeter ou exiger d'abord de discuter.

Mais elle s'est juste hissée sur la pointe des pieds pour poser sa bouche sur la mienne.

Marissa

Il était en train de s'effondrer. Ça se voyait. Et je savais que si je le touchais je serais entraînée dans les ténèbres avec lui. Je savais que je deviendrais incapable de me protéger une fois que je baisserais ma garde. Surtout quand il était dans cet état.

Mais curieusement, ces ténèbres, cette noirceur qu'il avait en lui, c'était ce qui m'attirait. Or c'était la part de lui-même à laquelle je n'avais jamais eu accès.

Avec moi, le play-boy désinvolte avait trouvé une relation un peu plus authentique que celles dont il avait l'habitude, des conversations un peu moins superficielles.

Mais il ne m'avait jamais dévoilé cette noirceur.

J'en avais été le témoin la première fois que je l'avais vu et qu'il ne se savait pas observé.

C'était ce côté sombre qui m'avait séduite. Et aujourd'hui j'en prenais pleinement conscience.

À l'époque je ne savais pas qui il était.

Ce n'était pas sa richesse, ni son titre ni sa réputation qui m'avaient fascinée.

Ce n'étaient pas ses plaisanteries. Ni son rire. Ni sa façon de me toucher ou de me faire prononcer son prénom.

C'était de savoir qu'il y avait en lui une part cachée. Qu'il s'était un peu plus dévoilé avec moi qu'avec n'importe qui d'autre, mais qu'il me restait quand même encore un secret à découvrir.

Ce secret il me le livrait aujourd'hui.

J'ignorais pourquoi et je n'avais pas envie de le lui demander. Je sentais qu'il ne fallait pas.

Parce qu'il ne voulait pas que je le sache. Et que si je le lui demandais le charme serait rompu. Il risquerait de se ressaisir et je n'en avais pas envie. Je le voulais tel qu'il était à cet instant.

Et plus tard, beaucoup plus tard, peut-être, je me demanderais où était passé mon instinct de conservation.

Mais je connaissais déjà la réponse.

Il s'était évanoui, comme à chaque fois qu'il s'agissait d'Hercules.

Et ici, sur cette île, nous étions un homme et une femme.

Lily n'était pas là.

Sur cette île nous n'étions pas des parents réunis par notre fertilité mutuelle. Nous n'étions pas des quasi-étrangers qui avaient été obligés de se marier pour le trône.

Nous étions juste Hercules et Marissa.

Même entre nos prénoms il y avait une discordance.

Le mien, très commun. Le sien, celui d'un dieu.

Mais à cet instant, mon Dieu était tombé et il avait besoin de moi.

Je lui demanderais plus tard pourquoi.

Plus tard, nous parlerions.

Mais pour l'instant…

Pour l'instant, je ne voulais que lui.

J'ai pris son visage à deux mains et j'ai capturé sa bouche.

Prendre l'initiative était exaltant. Tout en l'embrassant, j'ai laissé échapper un petit rire.

— Qu'y a-t-il de drôle ? a-t-il demandé d'un ton bourru.

J'ai compris que j'étais sur un terrain dangereux.

— Pas exactement drôle, mais j'ai toujours eu une image très différente des parents. Mûrs et maîtres d'eux-mêmes, possédant les réponses à toutes les questions. Mon père, par exemple, je pensais qu'il était omniscient. Et nous voilà tous les deux. Parents. Et pourtant les mêmes qu'il y a cinq ans.

— Les enfants commettent l'erreur de croire que les parents sont des êtres différents. Qu'ils ne sont pas humains. Alors qu'en réalité ils sont aussi faillibles que n'importe qui.

Il y avait comme une colère sourde dans sa voix. J'ai acquiescé.

— Oui, c'est vrai.

Mais je n'ai rien ajouté. Je l'ai juste embrassé de nouveau.

Avec un grognement étouffé il a refermé les bras sur moi et répondu à mon baiser avec fougue. Je ne m'étais jamais sentie autant en sécurité, et à la fois aussi proche du danger.

Ce n'était pas le baiser plein de retenue d'un homme plein de déférence pour une femme beaucoup plus jeune et moins expérimentée.

C'était un baiser éperdu entre deux êtres égaux.

Ce roi était avec moi et pas au-dessus de moi.

Je l'ai débarrassé de son T-shirt et j'ai admiré sa peau dorée. Les années l'avaient rendu encore plus beau. Son torse était plus puissant, sa taille plus fine.

Il m'a enlevé ma robe et je me suis retrouvée en maillot de bain devant lui. Bien que presque nue, je ne me sentais pas du tout embarrassée. Mais quand il a reculé d'un pas pour mieux me contempler, toutes les altérations subies par mon corps en cinq ans m'ont soudain paru flagrantes et amplifiées.

Je m'étais arrondie et j'avais des vergetures sur le ventre.

J'avais eu son enfant et mon corps en portait les traces.

Qu'allait-il dire ? Qu'allait-il penser ?

Le feu qui dansait dans ses yeux ne s'est pas éteint, et il n'a rien dit. Il a dégrafé mon haut de maillot et l'a jeté sur le sable. Puis il s'est agenouillé devant moi pour dénouer les liens de la culotte. Il a levé les yeux vers moi et j'ai été aspirée par ce feu qui illuminait ses yeux noirs. Mais au lieu de me réduire en cendres, il m'a rendue encore plus forte.

Hercules s'est penché pour embrasser mon ventre à la peau distendue, qui ne ressemblait plus du tout à ce qu'il était la première fois où il m'avait déshabillée, sur une autre plage.

J'ai fermé les yeux en retenant les larmes qui montaient de ma gorge. Je ne voulais pas pleurer. Je voulais vivre pleinement cet instant. M'engloutir dans sa sensualité brûlante. Sans penser à l'avenir. Sans penser aux conséquences.

Mais je n'ai pas réussi à supprimer l'émotion qui me nouait la gorge.

Parce qu'il ne s'agissait pas seulement de sexe. Et Hercules n'était pas seulement un homme.

Sur cette île nous n'étions pas des parents, mais nous avions créé une vie ensemble.

Nous ne pouvions pas effacer notre passé commun. Et de toute façon, je n'en avais pas envie. Parce que ce passé donnait encore plus de poids à ce moment.

Ce poids était un grand bonheur. Ce poids était une malédiction.

Les larmes exprimaient la joie autant que la tristesse et je voulais vivre les deux.

Hercules parsemait mon corps de baisers en s'attardant sur les marques laissées par les neuf mois pendant lesquels j'avais porté son enfant. Puis par les années écoulées depuis.

Il a embrassé longuement chacune de ces marques tout en me couvrant de caresses. Et il m'a enflammée.

Le désir qui me consumait était si intense qu'il en devenait presque douloureux. Mes seins étaient lourds et leurs pointes durcies frémissaient sous ses caresses. Entre mes cuisses une boule de feu grandissait peu à peu.

Mais ce n'était rien à côté de cette émotion indicible qui dilatait mon cœur.

J'ai rouvert les yeux. Le désarroi que j'ai lu sur son visage m'a tout à la fois terrifiée et subjuguée.

Hercules.

Mon seul amant. Mon seul amour.

Mon mari.

La liste de tout ce qu'il était pour moi était longue. Mais moi, qu'étais-je pour lui ?

Oh ! oui, j'étais sa femme. La mère de sa fille.

Mais cela signifiait-il quelque chose pour lui en dehors de l'aspect légal des choses ?

Ça n'avait pas d'importance. Pas à cet instant.

Parce qu'à cet instant il n'y avait pas de barrières entre nous. Il était en train d'enlever son jean. Dénudant pour moi ce corps qui hantait mes rêves.

Puis il m'a prise dans ses bras et m'a embrassée en me serrant contre lui, peau contre peau. Sur la plage. Comme la première fois.

Sa bouche a quitté la mienne pour descendre jusqu'à un sein, dont il a aspiré goulûment la pointe frémissante.

La boule de feu a encore enflé entre mes cuisses. Une sensation fabuleuse qui a attisé mon désir. Encore.

Il m'a agrippée par les hanches et m'a soulevée contre lui. J'ai noué les jambes autour de sa taille, et tout en me soutenant d'un bras il a glissé la main entre mes cuisses. Ses caresses m'ont arraché des gémissements, puis des cris, puis des sanglots de plaisir.

Oh ! comme ça m'avait manqué…

J'avais l'impression de revivre. D'être redevenue moi-même.

Il m'a allongée sur le sable, il a pris place entre mes cuisses et j'ai creusé les reins dans l'attente de ce que lui seul pouvait me donner.

— Donne-moi ces ténèbres qui sont en toi, ai-je murmuré. Donne-moi ta noirceur.

Je n'ai pas eu besoin de le demander deux fois.

Il a enfoncé les doigts dans mes cheveux et s'est emparé de ma bouche dans un baiser impétueux qui m'a coupé le souffle. Sans cesser de m'embrasser il a plongé en moi d'un seul coup de reins puissant.

Nous ne faisions plus qu'un de nouveau. Enfin. Et c'était dans l'ordre des choses, même si j'aurais été incapable d'expliquer pourquoi. Même si je ne comprenais pas pourquoi.

Le tourbillon dans lequel il m'emportait était irrésistible. Ce n'était pas seulement le plaisir qui montait en moi, c'était un sentiment de plénitude retrouvée.

Hercules.

Il avait toujours été ma raison et ma folie. Ma joie et ma tristesse. Ma défaite et mon triomphe.

Depuis toujours et pour toujours.

Parce qu'il était ma moitié, même si je n'étais pas sûre d'être un jour la sienne.

C'était lui qui m'avait révélée à moi-même. Qui m'avait donné le courage de voler de mes propres ailes. De m'opposer à mon père et de décider moi-même de ma vie.

J'étais une femme libre.

J'étais la femme d'Hercules.

J'ai crié son nom en enfonçant les ongles dans ses épaules, alors que le plaisir déferlait en moi. C'était la première fois que je laisserais une marque sur sa peau et j'en étais fière.

Il s'est raidi avec un grognement étranglé, puis il s'est affaissé sur moi, haletant, son front contre mon front.

Nos souffles saccadés se confondaient.

L'espace d'un instant j'ai eu l'impression que nos cœurs battaient à l'unisson.

Puis la mémoire m'est revenue et l'illusion s'est dissipée. Son cœur était une plaie qui exsudait un venin redoutable, et si j'avais réussi à freiner l'écoulement je n'avais pas guéri la blessure.

J'ai posé la main sur son torse.

— Explique-moi.

Toujours enfoui en moi, il a étouffé un juron avant de dire d'une voix rauque :

— Mon père est mort.

11.

Hercules

Que m'avait-il pris de lui annoncer ça comme ça, alors que j'étais encore en elle ?

Je n'aurais jamais dû venir la rejoindre dans l'état où j'étais. Aveuglé par la rage, incapable de me contrôler.

Marissa ne méritait pas ça.

Mais au lieu de me rejeter elle m'avait ouvert les bras. Comment aurais-je pu résister ?

De nouveau, c'est sur le sable que nous avons succombé à la tentation.

Parviendrais-je un jour à coucher avec elle dans un lit ?

C'était une question dont j'aurais bien aimé connaître la réponse.

Mais à cet instant c'était elle qui venait de m'en poser une, et celle-ci n'avait rien à voir avec une éventuelle rencontre entre des draps.

J'y avais répondu. Mais pas complètement.

— Il s'est suicidé.

Le silence déjà assourdissant s'est prolongé.

Puis elle a fini par murmurer :

— Je suis désolée.

Après un nouveau silence, elle a demandé :

— A-t-il laissé… quelque chose… Un mot ?

Avec une moue de dérision, je me suis allongé à côté d'elle.

— Non. Il était malade et il se savait condamné. Ça explique peut-être en partie son geste. Mais je suis convaincu qu'il a également voulu affirmer son pouvoir jusqu'au bout et me manipuler une dernière fois. Il devait penser que son suicide serait ma défaite.

Marissa s'est tournée vers moi, visiblement consternée.

— Te manipuler une dernière fois ?

Elle était magnifique. Elle avait changé mais elle était encore plus belle. Ses courbes étaient plus pleines, ses seins plus lourds. J'avais envie de les débarrasser des grains de sable qui les parsemaient puis de les prendre dans mes mains, de les caresser, de les embrasser… J'étais fasciné par ses vergetures. Elles rendaient sa grossesse plus concrète pour moi.

J'aurais voulu me concentrer sur son corps au lieu de continuer à penser à mon père. À mon enfance.

Mais cette noirceur… Je ne parvenais pas à la réprimer. Il fallait que ça sorte.

— Oui, me manipuler. Sais-tu comment sont entraînés les soldats qui font partie des unités d'élite ?

— Non…

— Pratiquement tous les pays ont une unité de ce genre et la formation des soldats est la même partout, à quelques variantes près. Non seulement ils suivent un entraînement intensif qui exige une excellente condition physique, mais ils apprennent à résister à la torture. Au cas où ils seraient capturés par l'ennemi et où celui-ci tenterait de leur extorquer des renseignements. La torture n'est pas seulement physique, elle peut être également psychologique. À Pelion les militaires sont formés à endurer toutes sortes de supplices.

J'ai serré les dents.

— Mon père estimait que le dirigeant de Pelion devait lui aussi apprendre à résister à la torture. Il a commencé mon entraînement quand j'étais enfant.

— Quand tu étais enfant ?

Devant le visage décomposé de Marissa j'ai éprouvé des remords. Pourquoi lui imposais-je ces horreurs ? Mais elle était la seule à m'avoir jamais écouté.

Or aujourd'hui j'avais besoin de parler. De parler de moi comme je ne l'avais jamais fait. D'expliquer comment et pourquoi j'étais devenu ce que j'étais.

— Oui. Il jugeait que pour devenir un homme digne de ce nom, un homme fort, il fallait s'endurcir le plus tôt possible. C'est sur ce principe qu'a été fondée mon éducation. Comme j'étais très jeune et que je n'avais pas de points de comparaison, je ne songeais pas à remettre ses méthodes en question.

— Mais ta mère… ?

Mon cœur s'est serré.

— Comme la tienne, elle n'a jamais eu voix au chapitre.

En réalité, elle n'avait jamais tenté de s'exprimer… On ne contredisait pas le roi. Moi-même j'avais dû faire preuve d'une ruse et d'une patience infinies pour finir par me retrouver en position de m'opposer à mon père. Quel espoir aurait eu ma mère d'y parvenir ?

Marissa a détourné les yeux.

— Je pense que ma mère aurait réagi si mon père avait été violent avec moi.

— Tu ne peux pas savoir. Quand un homme qui détient le pouvoir a des tendances autoritaires et des idées délirantes, ses proches se sentent impuissants. Que peuvent-ils faire ?

Je me répétais ça comme un mantra depuis des années. En ignorant la détresse qui me serrait le cœur. Je l'ai ignorée une fois encore.

— J'ai pris beaucoup de coups, bien sûr. Administrés par les meilleurs soldats de l'unité d'élite. Ils savaient faire très mal tout en évitant d'aller trop loin. Parce que me tuer n'était pas le but, bien sûr. Mais les coups étaient plus faciles à supporter que les supplices plus subtils. Comme de rester enfermé pendant des heures dans une caisse avec du bruit diffusé en boucle. Des cris de bébés à plein volume, par exemple. Mais ce n'est qu'un exemple parmi d'autres. Dans le domaine de la torture, l'imagination de mon père semblait sans limites. Parce que c'était lui qui élaborait les « programmes », quand il ne mettait pas la main à la pâte.

Marissa est devenue toute pâle, mais elle est restée muette.

— Dans un autre genre, il arrivait que les soldats me torturent pour m'obliger à renier mon père. J'ai toujours résisté. Je n'ai jamais flanché une seule fois. C'est comme ça que j'ai réussi à prouver ma loyauté envers la couronne. Et que j'ai fini par acquérir un certain pouvoir, qui m'a permis le moment venu de défier mon père.

— Hercules…

L'air accablé de Marissa m'a troublé.

— Personne n'a jamais manifesté la moindre compassion pour moi… Tu es la première.

— Parce que tout le monde a de toi une image qui ne reflète qu'une infime partie de la réalité. Les gens ne voient que le pouvoir, l'argent, le prestige. Personne ne connaît ta véritable histoire.

— Après plusieurs années de ce… régime très strict, mon père a estimé que ma formation s'était déroulée avec succès et qu'il était temps d'y mettre fin. À quinze ans il m'a lâché dans le monde en m'encourageant à profiter de toutes les occasions de m'amuser qui s'offraient à moi.

Marissa a ouvert de grands yeux.

— Pourquoi a-t-il fait ça ?

— Tu veux vraiment mon avis ? Je pense qu'en m'incitant à mener une vie de play-boy amateur de femmes, de fêtes, d'alcool et de tout le reste, il justifiait à ses yeux ses propres penchants pour ce genre de plaisirs. Ça lui permettait de se raconter que c'était dans l'ordre des choses. Il avait fait de moi un parfait soldat – du moins le croyait-il – et un miroir dans lequel il voyait ce qu'il avait envie de voir.

« Mais en réalité, j'étais très différent de lui. Je le voyais déjà comme un ennemi nuisible pour le pays, mais je rongeais mon frein. Je savais que mes meilleures armes étaient la patience et la ruse. Parce que si je m'opposais à lui frontalement c'était ma mère et ma sœur qui risquaient de subir des représailles. »

— Tu craignais pour la sécurité de ta mère ?

— Bien sûr.

— Pourtant, de son côté elle n'a jamais rien fait pour te protéger…

Une fois de plus mon cœur s'est serré. Une fois de plus je l'ai ignoré.

— Elle n'avait pas été entraînée à devenir forte. Moi si. Et j'avais décidé de profiter de la formation inhumaine qui m'a été imposée pour devenir une arme redoutable. Une arme non pas destinée à servir mon père comme il le souhaitait, mais déterminée à se retourner contre lui. Pour le tuer. Métaphoriquement, bien sûr. Je ne souhaitais que sa mort politique. Je n'imaginais pas qu'il se tuerait. Plus j'y pense plus je suis persuadé qu'il voulait que je me sente coupable. Que j'aie le sentiment d'avoir porté le coup fatal.

— Parce qu'il savait que ça te ferait souffrir.

— Peut-être. Mais je pense que « souffrir » est un mot trop fort. Je ne suis pas certain qu'il me croyait capable de souffrir. Moi non plus je ne suis pas certain d'en être capable, d'ailleurs.

— Bien sûr que si. Je l'ai vu sur ton visage quand tu es arrivé de la maison. Tu souffres terriblement.

J'ai secoué la tête.

— Les animaux ressentent de la douleur. Ce n'est pas tout à fait la même chose.

— Tu te compares à un animal ?

— Je suis un primaire. Comme j'ai été entraîné à l'être. Je réagis au premier degré. Je n'ai pas la capacité d'éprouver de grands sentiments.

— Je pense que si. Je t'ai observé avec Lily.

— C'est dans mon intérêt d'être gentil avec Lily.

Je ne ressentais rien quand je prononçais son nom et j'en étais satisfait. Je me sentais soudain indifférent et ça me satisfaisait également.

— Ce n'est pas la seule raison, a objecté Marissa.

— Ne commets pas l'erreur de croire que tu me connais.

Cet avertissement s'adressait aussi bien à moi-même qu'à elle. Parce que c'était très facile de passer un moment hors du temps allongé sur le sable avec elle. Mais quand à notre retour nous emménagerions au palais, je serais le roi. Je ne pouvais pas me permettre de prendre ça à la légère ni de m'imaginer que je me connaissais parfaitement.

Après tout, j'avais été façonné par la main d'un monstre.

Le vrai danger serait de présumer que j'étais capable de contrôler la créature monstrueuse qui vivait en moi.

Cette noirceur.

Marissa n'a rien dit mais le regard qu'elle m'a lancé était éloquent.

Elle était déterminée à ne voir que mes bons côtés. Était-ce parce qu'elle avait accepté de coucher avec moi ? Avait-elle besoin de se persuader que j'étais un homme bien pour ne pas se sentir souillée par ce qui s'était passé entre nous ?

Marissa était une femme bien. Mieux, elle était exceptionnelle. Je le savais déjà avant, mais j'en avais eu la confirmation en la redécouvrant au cours de ce séjour en tête à tête. Elle ne ressemblait à personne d'autre. Ce qui signifiait que je devais être prudent.

C'était elle qui jouerait le rôle principal dans l'éducation de Lily. Parce qu'elle était la seule à pouvoir l'élever en toute indépendance par rapport à l'héritage de mon père. Lily serait préservée de l'influence de ce dernier.

C'était impératif.

— Rentrons dans la maison, ai-je dit.

— Allons-nous devoir rentrer à Pelion pour les funérailles de ton père ?

Je me suis penché vers elle et je l'ai embrassée avec fougue.

— Cet homme m'a volé suffisamment de choses. Il ne me volera pas ça.

Elle a semblé rassurée et elle s'est laissée aller contre moi. Parfait. Il fallait qu'elle ait confiance en moi. Comme Lily.

J'étais déterminé à faire tout mon possible pour ne pas les décevoir.

Ce qui impliquerait de garder mes distances.

Mais nous avions encore quelques jours pour nous, jusqu'à la fin de la semaine.

J'avais bien l'intention de les vivre pleinement.

Parce qu'à notre retour à Pelion les choses devraient changer.

12.

Marissa

Sur l'île le temps passait beaucoup trop vite et je m'en voulais d'avoir perdu une semaine à l'éviter, alors que nous aurions pu être ensemble. J'étais merveilleusement heureuse mais Lily me manquait.

Cependant, je savais qu'à la fin de notre séjour je regretterais notre vie en tête à tête. Je sentais qu'à notre retour à Pelion les choses allaient changer.

C'était inévitable.

Le monde dans lequel nous allions vivre m'était totalement étranger. J'ignorais tout du rôle de reine. J'ignorais tout de ce pays, de ses coutumes.

J'ai décidé d'en parler à Hercules.

J'étais encore bouleversée par la conversation que nous avions eue sur la plage. Quand je pensais à la façon dont son père l'avait traité… Ça me déchirait.

De son côté il semblait trouver qu'il allait bien. Mais je voyais que ce n'était pas le cas. Quand je le regardais, je voyais un petit garçon blessé. Et je savais qu'il n'aimerait pas ça. Pas du tout.

Alors je ne lui disais rien. À la place, je le touchais dès que j'en avais l'occasion. Pour renforcer nos liens, mais aussi pour lui offrir du réconfort. Je me demandais s'il avait reçu des câlins quand il était enfant.

Ou s'il n'avait connu que les mauvais traitements et la négligence. D'une certaine façon il avait raison. Il pourrait facilement être reproché à ma mère d'avoir eu la même attitude que la sienne. Elle avait été incapable de me défendre contre mon père pendant toutes les années où j'avais été bannie de la maison familiale.

Cependant j'avais lu certaines choses sur sa mère. Apparemment elle voyageait beaucoup et passait le plus clair de son temps sous les tropiques. Par ailleurs, la rumeur courait que la jeune princesse n'était pas la fille du roi.

Je ne doutais pas qu'Hercules avait estimé nécessaire de protéger sa mère et sa sœur. Cependant, je me demandais si les menaces les concernant n'étaient pas un écran de fumée répandu par son père pour le manipuler.

Curieusement, Hercules pleurait son père. Mais pour ma part, le roi Xerxes ne m'inspirait pas le moindre regret. Pas après tout ce qu'il avait fait subir à son fils. Les blessures physiques d'Hercules s'étaient peut-être cicatrisées depuis longtemps, mais psychiquement il était loin d'être remis.

Il semblait avoir peur de nouer des liens étroits avec Lily par exemple. Ce qui ne l'empêchait pas de faire des efforts dans ce sens. C'était un homme bien. Je n'avais aucun doute à ce sujet. J'aurais voulu l'aider, mais je savais que je ne pouvais pas.

Alors à la place j'ai décidé de lui donner l'occasion de m'aider, parce que ça pouvait peut-être lui faire du bien.

— Je ne sais pas en quoi consiste le rôle de reine, ai-je dit au petit déjeuner, l'avant-veille de notre départ.

— Je ne pense pas pouvoir te conseiller de prendre pour modèle celle qui t'a précédée, a-t-il répliqué d'un ton sarcastique.

C'était la première fois que je l'entendais émettre une critique au sujet de sa mère.

— Que veux-tu dire ?

— Tu as peut-être remarqué que ma mère passe le plus clair de son temps à l'étranger.

— Oui. Reviendra-t-elle pour les funérailles de ton père ?

— Oh ! je suppose. Ils étaient toujours mariés, même si leurs relations étaient inexistantes.

— Et tu ne crains pas que ton absence déclenche des rumeurs ?

— Il y en aura, bien sûr. Mais j'ai prévu de désavouer tout ce qui concerne le règne de mon père. Ce sera publié en une dans la presse. Et je vais faire une déclaration.

J'ai été frappée par sa détermination. C'était vraiment un homme incroyable.

— Tu n'as pas peur du scandale, apparemment.

— Si j'avais prévu de prendre une épouse répondant à des critères précis, c'était parce que ça faisait partie des conditions à remplir pour le déclenchement de l'abdication de mon père. Après t'avoir retrouvée et avoir découvert l'existence de Lily, j'ai recouru au chantage pour obtenir qu'il me cède le trône malgré le changement de mariée. Mais en fin de compte il est mort, ce qui ne pouvait pas mieux tomber.

Ce commentaire cynique m'a arraché un petit rire gêné.

— Sans doute, oui.

— Je me moque éperdument des conventions. À mes yeux, celles en vigueur dans mon pays sont de pures plaisanteries. Comment prendre au sérieux des protocoles ayant pour seule utilité de maintenir au pouvoir des autocrates comme mon père ?

— Y a-t-il déjà eu une reine ? Je veux dire… détentrice de la couronne, comme le sera Lily.

— Non. En fait, je ne serais pas surpris qu'il y ait eu autrefois…

Il a eu une moue désabusée.

— Non, je ne veux même pas y penser. J'espère que l'élimination des héritiers de la couronne en fonction de leur sexe n'a jamais été pratiquée. Peut-être se contentait-on de les éloigner comme mon père l'a fait avec Lily.

— Quand il l'a fait il ne connaissait pas son sexe.

— Non, en effet. Mais c'était de toute façon une manœuvre pour m'empêcher de prendre le pouvoir trop tôt à son goût.

Il a secoué la tête.

— Non, les conventions établies par et pour la famille Xenakis n'ont aucune valeur pour moi. Nous allons construire un nouveau pays. Tu es donc libre de décider quelle reine tu veux être.

— Je suis juste une fille née sur une petite île qui a rencontré par hasard un prince.

— Un prince qui manque singulièrement de self-control.

— C'est faux. Je pense tout le contraire.

— Avec toi j'en ai manqué.

Cette déclaration m'a fait chaud au cœur et je l'ai recueillie comme un don précieux.

— Eh bien, je suppose que ça fait de moi quelqu'un de spécial.

— Tu n'as pas à le *supposer*. C'est un fait. Je n'ai jamais rencontré quelqu'un comme toi.

Il a paru embarrassé d'avoir dit ça.

— Dans ce cas, je pense que je vais essayer d'être une reine spéciale.

— Y a-t-il des sujets pour lesquels tu as un intérêt particulier ?

— L'accompagnement des mères célibataires. Nous subissons en permanence le jugement des autres, alors que les hommes souvent responsables de leur situation n'ont jamais de problèmes de ce genre.

— Parfait.

— Parfait ?

— Pas qu'elles subissent le jugement des autres. Mais que tu aies envie de t'engager en leur faveur. Ce sera ta grande cause si tu es d'accord.

— Bien sûr. Tu sais, m'occuper de Lily m'a tellement accaparée ces dernières années que je n'ai jamais vraiment envisagé de travailler. Ni réfléchi à une vocation. J'ai reçu tellement d'argent de… ton père… que j'ai pu acheter une maison et qu'il nous restait de quoi vivre très confortablement. J'aurais sans doute cherché une occupation plus tard, quand Lily aurait été plus grande, mais chez moi les femmes n'étaient pas encouragées à travailler. Ni à avoir des aspirations, d'ailleurs. Je n'y pensais donc pas réellement. Mais cette idée me plaît.

— Être reine peut devenir une vocation. Ça n'a jamais été le cas à Pelion mais tu pourrais être la première.

— J'imagine que je suis également la première à avoir épousé le roi après la naissance de l'héritier du trône.

— Probablement. À moins que les livres d'histoire aient été expurgés.

— Ça ne me dérange pas d'être la première. Ce sera encore une façon de nous distinguer. Et de favoriser le changement dans le pays. Si tu acceptes que je prenne part à ta révolution.

Il a pouffé.

— Tu es la bienvenue. Et tu peux choisir une épée.

— J'ignorais que le maniement de l'épée faisait partie du profil de l'emploi.

— Je peux t'en procurer une.

— Je ne pense pas que ce sera nécessaire.

Nos regards se sont croisés et l'air s'est chargé d'électricité. Quelle sensation étrange et merveilleuse de pouvoir à la fois rire avec lui et le désirer.

— J'ai quelques choses à faire, a-t-il dit. Je… Je te retrouve tout à l'heure.

Il y avait dans sa voix une promesse qui a fait battre mon cœur.

— D'accord.

J'ai décidé de ne pas penser à notre départ de l'île. Il

fallait que je le considère comme un commencement. Même si c'était difficile.

À notre retour à Pelion, nous nous sommes installés au palais et une routine s'est mise en place. Mais ce n'était pas celle à laquelle je m'attendais. Elle me rappelait nos premiers jours sur l'île. Hercules m'évitait. Du moins c'était l'impression que j'avais.

Il était submergé de travail et j'ai rapidement pris conscience qu'un roi ne menait pas une vie oisive. Bien sûr, je m'en doutais. J'avais vu des articles concernant des membres de familles royales dans la presse mais je n'y avais jamais prêté grande attention.

Je n'avais jamais imaginé que je pourrais devenir reine.

Chaque jour je travaillais à l'élaboration d'un programme d'aide aux mères célibataires. J'évaluais les budgets, et je discutais avec des responsables du palais de la création de garderies gratuites et de l'extension du congé de maternité.

C'était un travail épanouissant, et le reste du temps je m'occupais de Lily ce qui était toujours un grand plaisir pour moi. J'étais heureuse également de passer du temps avec ma mère après notre séparation qui avait duré des années. Nous n'avions jamais autant discuté.

Malgré tout, je me sentais seule. Hercules me manquait. Nos longues discussions à propos de tout et de rien me manquaient. Et nos nuits passionnées me manquaient.

Au palais nous faisions chambre à part.

— Qu'est-ce qui ne va pas ? m'a demandé ma mère un jour où nous étions dans le parc du palais, où un grand terrain de jeu avait été installé pour Lily.

Elle courait cheveux au vent et son rire insouciant mettait de la gaieté dans le silence un peu guindé du lieu. J'en étais heureuse. Surtout sachant ce que je savais sur l'enfance d'Hercules.

— Rien, ai-je répondu.

— C'est un mensonge, a commenté ma mère. Je te connais assez pour le savoir. À ton retour de ta lune de miel tu semblais… différente.

— Il faut dire que c'est très agréable de séjourner sur une île privée, libre de toute responsabilité.

— Alors que maintenant tu as des responsabilités.

— Gratifiantes. Mais c'est beaucoup de travail.

— Je ne pense pas que le travail t'ait jamais fait peur, Marissa. Je ne pense pas que ce soit ça qui te perturbe.

— C'est… Hercules est très pris.

— Je ne sais pas grand-chose de vous deux. Je n'avais pas le droit de parler de toi quand ton père était encore vivant. Et depuis nous n'avons jamais eu l'occasion de…

— Je suis tombée amoureuse de lui. Dès que je l'ai vu la première fois. J'avais seize ans. Mais à ce moment-là il ne s'est rien passé entre nous, ai-je précisé. Mais peu à peu nous avons appris à nous connaître. Été après été. Et puis un jour… Je n'avais pas la volonté nécessaire pour résister à la tentation.

Ma mère avait l'air songeur. Allait-elle me juger pour cette faiblesse ?

— D'une certaine manière, je t'enviais, a-t-elle avoué. Je n'ai jamais connu la passion. J'ai fait un mariage de raison avec un homme que mes parents trouvaient bien pour moi. Il n'y a jamais eu de joie dans notre mariage. Et il était impossible de discuter avec ton père. Je l'ai laissé te mettre dehors parce que je n'ai pas eu le courage de protester. Je n'ai pas pris ta défense et je n'ai jamais cessé de le regretter depuis.

— Il n'y a pas de place pour les regrets entre nous, maman. Je sais comment était papa. Je ne t'en veux pas.

— Tu devrais peut-être. Quand je vois comment tu protèges Lily, je me dis que j'aurais dû faire la même chose pour toi.

— Tu ne pouvais pas. Je le sais. Et je le comprends.

— En tout cas, si tu as envie d'une vie différente avec Hercules, tu devrais lui parler. Ne commets pas la même erreur que moi qui n'ai jamais eu le courage de dire ce que je pensais à ton père. Ça n'aurait peut-être rien changé à notre mariage, mais nous aurions peut-être divorcé et j'aurais eu une vie différente. Toi tu as encore la possibilité de changer la tienne, alors n'hésite pas à lui parler.

— Et s'il ne veut pas d'une vie différente ?

— Tu seras en colère. Tu souffriras. Mais au moins tu ne passeras pas le reste de ta vie dans le doute et le regret. Ta relation avec Hercules… elle concerne aussi Lily. Cette idée peut peut-être t'encourager à parler à Hercules. Mais tu peux aussi le faire pour toi. Réagir au lieu d'endurer, c'est une preuve de courage. Et au pire ça évite de regretter de n'avoir rien fait.

Les paroles de ma mère m'ont poursuivie toute la journée. Endurer, je savais le faire. Pendant cinq ans j'avais accepté une vie sans amour. J'avais accepté de me sacrifier pour ma fille. C'était dans cet esprit que j'avais accepté de me marier avec Hercules. Pour le bien de Lily.

Mais à présent il y avait cet espoir…

Pour moi. Pour lui. Pour nous. Pour ce qui pourrait être.

Ma mère avait raison. Si je ne voulais pas passer ma vie à ruminer des regrets, il fallait que je réagisse maintenant.

Après tout ce qu'il avait enduré, je comprenais qu'Hercules se sente incapable d'aimer. Mais je savais également qu'il était capable de tourner la page et d'aller de l'avant.

Il suffisait de lui prouver que c'était possible. Que nos deux âmes n'en formaient déjà plus qu'une et que continuer à vivre séparément n'avait aucun sens.

Le bonheur qui nous tendait les bras était le bien le plus précieux au monde. Il n'y croyait peut-être pas, mais moi si.

J'allais donc devoir me battre pour deux.

Il m'avait dit un jour qu'il croyait uniquement à ce qu'il

pouvait voir et toucher. J'allais donc commencer par ce terrain qui nous était familier. Puis petit à petit je lui ferais découvrir ce qu'il ne pouvait ni voir ni toucher. Avec un peu de chance, le corps et le cœur finiraient par se fondre pour lui aussi en un tout indissociable.

J'avais peur.

Comme la première nuit que nous avions passée ensemble sur la plage, à Medland.

J'avais peur mais j'étais déterminée.

13.

Hercules

Je faisais de mon mieux pour gouverner Pelion et me concentrer sur mes multiples tâches. Ce n'était pas facile, étant donné que j'étais obsédé par ma femme et que des images érotiques tournaient en boucle dans mon esprit. Je savais qu'elle n'était pas heureuse. Les quelques fois où je l'avais vue depuis notre retour de l'île elle avait un air morose.

Ce soir pendant le dîner elle était restée silencieuse et c'était le bavardage de Lily qui avait mis de l'animation à table. Cependant j'étais conscient de ne pas avoir prêté une oreille attentive à ma fille.

J'avais un pays à gouverner. J'étais le roi. Je ne pouvais pas me permettre de me laisser distraire par ma famille.

Ma famille.

Marissa et Lily étaient ma famille.

Un concept qui m'était totalement étranger.

Je n'avais aucun souvenir de dîners en famille pendant mon enfance. Je mangeais tout seul dans la nurserie. La plupart du temps ma mère était en voyage. Et à la naissance de ma sœur j'étais déjà presque adulte.

Je ne me souvenais pas avoir suggéré que nous pourrions dîner ensemble mais le premier soir alors que j'étais à table, Marissa, sa mère et Lily étaient apparues dans la salle à manger et s'étaient assises à leur tour. Le personnel avait servi tout le monde, et depuis la même scène se répétait chaque soir.

Quand je lui parlais Marissa répondait d'un ton enjoué, mais je voyais bien que quelque chose n'allait pas.

Ça me contrariait mais j'ignorais ce qu'elle attendait de moi.

J'étais un chef d'État. J'avais des responsabilités que je devais faire passer avant tout le reste. Y compris notre mariage.

D'après ce que m'avait dit le personnel, Marissa s'adaptait parfaitement à son rôle de reine. Et pourtant…

Elle était différente depuis que nous étions rentrés de notre lune de miel.

Mais moi aussi à vrai dire. Par nécessité. Sur l'île je m'étais laissé distraire par elle. J'avais craqué dans ses bras. J'avais montré de la faiblesse, et c'était inacceptable.

Par conséquent au palais nous allions continuer à vivre séparément. À faire chambre à part. Jusqu'à ce que je finisse par me ressaisir. Par reprendre le contrôle de… mes émotions.

Mes émotions. Le seul fait d'en ressentir était un signe de faiblesse.

Même la colère, je commençais à trouver ça pesant.

Aurais-je plus de points communs avec mon père que je ne le pensais ?

Était-il possible de ne pas ressembler à l'homme qui vous avait tout appris quand il vous avait façonné à son image ? Je ne connaissais pas la réponse à cette question. Et je craignais de ne la découvrir qu'avec le temps.

D'ici là, il était hors de question que je prenne le risque de nuire à Marissa et Lily.

Garder mes distances j'en étais capable. J'étais même très doué pour ça.

Toutes les nuits je restais aussi tard que possible dans

mon bureau pour être certain de tomber d'épuisement sur mon lit dès que j'arrivais dans ma chambre. Ça m'évitait d'aller rejoindre Marissa dans la sienne.

Elle représentait une tentation à laquelle j'avais beaucoup de mal à résister. Ce qui était une raison supplémentaire de la fuir.

Je ne pouvais pas risquer de devenir dépendant d'elle. Je refusais d'être faible. N'avais-je pas passé toute mon enfance à tenter de démontrer ma force ? Il n'était pas question que je flanche maintenant.

Mon père s'était trompé. On n'avait pas besoin d'être un monstre pour gouverner. Je le prouverai jusqu'à mon dernier jour. Mais pour y parvenir, je devais éviter à tout prix de flancher.

Quand le travail ne suffisait pas à me distraire de mon obsession, je me rendais dans la salle de sport et je m'y éreintais. Ce soir, heureusement, je n'avais pas besoin de ça pour être épuisé. Un peu après minuit, j'ai regagné mes appartements. En ouvrant la porte j'ai constaté avec surprise que la lumière était allumée dans ma chambre. Je venais de suivre plusieurs couloirs d'obsidienne plongés dans la pénombre et la soudaine clarté m'a saisi. Mais ce n'était rien à côté du choc que j'ai eu en découvrant le spectacle qui m'attendait.

Marissa, allongée sur le lit entièrement nue.

Elle n'avait plus un air morose mais effronté. Sa pose mettait ses formes féminines en valeur. Ses hanches rondes, ses seins somptueux.

Ah ces pointes… Couleur chocolat, hérissées, mûres pour mes lèvres. Et ces boucles brunes en haut des cuisses, comme j'avais envie d'y enfouir mon visage…

Depuis des jours je résistais à la tentation. Étais-je capable de résister plus longtemps ?

— Que fais-tu ici ?

— Tu me manquais.

Sa voix douce n'avait rien d'aguicheur. Elle était chargée d'une émotion qui m'a cloué sur place.

— Vraiment ?

— Oui.

— Tu aurais pu tout simplement me le dire au dîner.

— Je n'ai pas envie de parler.

J'allais de surprise en surprise. S'il y avait une chose que nous avions l'habitude de faire depuis toujours c'était parler. Même au plus fort de la passion nous parlions.

— Tu n'as pas envie de parler ?

— Non. Je peux parler à n'importe qui. Mais tu es le seul homme avec qui je peux… faire ça. Le seul que j'ai connu. Le seul que je connaîtrai jamais.

Quelque chose s'est noué dans mon estomac.

— Le seul homme que tu as connu ?

— Tu t'imaginais que j'avais collectionné les amants ces dernières années ?

— Personne n'aurait pu t'en blâmer. Tu es humaine, après tout.

— Mais tu m'as rendue indifférente à tous les autres hommes.

— De la même façon tu m'as rendu indifférent à toutes les autres femmes, mais ça ne m'a pas empêché de…

J'ai commencé à déboutonner ma chemise.

— Mais c'était une grande frustration à chaque fois. Ce n'était jamais à la hauteur de mes attentes. Parce que j'avais goûté au… paradis. J'avais goûté au paradis avec toi et ensuite je l'avais perdu. J'avais découvert ce que faire l'amour pouvait être, mais je ne l'ai jamais retrouvé après toi.

— Moi, j'étais assez lucide pour savoir que je ne voulais pas de substitut.

Cette remarque a été une leçon d'humilité pour moi. Je n'avais pas été aussi lucide qu'elle. J'avais tenté de l'effacer de mon corps, de ma peau, dans le lit d'autres femmes, mais je n'avais pas réussi. Et en plus, chacune de ces expériences m'avait laissé terriblement insatisfait.

Et à présent j'étais en proie à une émotion inconnue, intense, qui traversait ma poitrine et semblait tordre mon cœur pour lui donner des formes étranges. Comment étais-je censé réagir ? J'étais censé être un roi, un souverain puissant, et pourtant…

J'ai fini de me déshabiller avec des gestes fébriles. Inutile de faire semblant de croire que j'étais capable de résister. Quand elle était à l'autre bout du palais c'était déjà difficile, mais quand elle était nue sur mon lit…

Elle n'avait pas envie de parler. Elle avait juste envie de moi. Il devrait donc être possible de coucher avec elle sans que les émotions, quelles qu'elles soient, s'en mêlent.

Je l'ai rejointe sur le lit, déterminé à prendre le contrôle de la situation et à le garder.

— Mets-toi à genoux et tourne-toi, ai-je intimé.

Elle m'a regardé, puis elle s'est exécutée. J'ai admiré la longue ligne de son dos élégant qui aboutissait à ses fesses rondes et fermes. Elle était d'une beauté inouïe.

Submergé de désir, je me suis mis à genoux derrière elle et j'ai fait glisser mes mains le long de son dos avant d'en refermer une sur sa hanche et de glisser l'autre entre ses cuisses. Je l'ai caressée longuement, jusqu'à ce que ses gémissements se muent en supplications tandis qu'elle ondulait des hanches.

Parfait. Elle était venue dans ma chambre pour me séduire, pour me prouver quelque chose, mais j'allais lui montrer que c'était moi qui contrôlais la situation. J'ai interrompu mes caresses pour l'agripper par les hanches et je suis entré en elle d'un coup de reins vigoureux.

Elle a poussé un cri approbateur qui m'a galvanisé. J'ai commencé à aller et venir en elle, accélérant et ralentissant tour à tour le rythme pour lui arracher de nouvelles supplications. Pour la réduire à ma merci. Mais bientôt j'ai oublié les jeux de pouvoir, emporté avec elle dans un tourbillon irrésistible qui nous soudait l'un à l'autre. Le plaisir a explosé en nous au même instant, avec une telle violence qu'il a tout fait trembler autour de nous. Le lit, le sol, les murs de pierre, le palais tout entier.

Quand le calme est revenu, elle s'est blottie contre moi et j'ai dû me rendre à l'évidence.

Je n'avais rien contrôlé. Je n'avais pas réussi à tenir mes émotions à distance.

Elle a promené ses doigts sur mon torse en murmurant :

— Hercules, je t'aime.

Marissa

C'est à cet instant que les murs se sont écroulés autour de nous. Mon cœur, qui commençait tout juste à s'apaiser après le séisme de la jouissance, a recommencé à battre à grands coups suite à cet aveu.

Cependant je n'avais pas peur. Comment aurais-je pu avoir peur alors que j'étais dans les bras d'Hercules ?

C'était mon mari. Le père de ma fille. L'homme que j'aimais. Avec lui je n'avais jamais éprouvé la moindre peur. Avec lui je m'étais toujours sentie forte. Sûre de moi.

— Je t'aime, ai-je répété.

— Non.

Son ton était tranchant.

— Hercules, je ne suis ni ta fille ni un de tes sujets. Je suis ta femme. Et tu ne peux pas répondre « non » quand je te dis « je t'aime ».

— Je… Non. Je ne peux pas accepter.

— Ce n'est pas un cadeau. C'est une constatation.

Je n'étais ni surprise ni blessée. Je m'attendais à ce qu'il résiste. Je me doutais que je me heurterais à un mur et qu'il me faudrait livrer bataille pour l'abattre.

— Tu ne comprends pas. Il n'y a pas de place dans ma vie pour ce genre de sentiment.

— Pourquoi pas ? Et Lily ?

— Ça n'a rien à voir avec Lily.

— Est-ce que tu l'aimes ?

— C'est une question stupide. Je ne la connais que depuis quelques semaines.

— C'est ta fille. Je l'aime depuis qu'elle est née et à ce moment-là je ne la connaissais pas encore. Les enfants ce n'est pas la peine de les connaître. Il suffit de savoir que leur vie est entre nos mains. Qu'ils ont besoin de notre protection. Que sans nous ils ne peuvent pas survivre dans le monde. Et ça… Crois-moi, Hercules, ça suffit pour faire naître l'amour. As-tu l'intention de ne jamais aimer ta fille ? Parce qu'elle n'aura pas d'autre père que toi.

— Je n'avais pas besoin d'amour. Il était faible et il ne servait à rien.

— Ton père ne t'aimait pas. En tout cas, pas comme devrait le faire un père. Il n'exprimait pas d'amour.

Tout à coup, Hercules a explosé :

— Pas mon père. Ma mère. Mon père ne m'a jamais dit qu'il m'aimait. Il ne s'est jamais abaissé à proférer un tel mensonge. C'était elle. « Je t'aime ». Elle murmurait ça. Devant mon corps meurtri. Mais elle ne faisait jamais rien pour l'empêcher.

— Hercules…

— Elle ne pouvait pas, et je le comprends, mais à quoi me servait son amour ? Elle partait parce qu'elle prétendait qu'elle ne supportait pas de voir la façon dont il me traitait. Mais elle me laissait ici avec lui. Elle a eu un autre enfant uniquement pour en avoir un qu'elle pourrait… aimer comme elle le voulait. Parce qu'elle a été obligée de renoncer à moi. Alors explique-moi ce que l'amour m'a apporté. Explique-moi comment il construit une famille. Parce que dans la mienne il n'a jamais servi à rien.

— Hercules, ta mère avait des torts envers toi. Et ton père encore plus.

— Ça fait beaucoup de gens qui étaient censés m'aimer et qui avaient des torts envers moi. Je suis bien obligé de me demander si le problème ne vient pas de moi.

— Je t'aime. Tu crois que j'accepterais qu'on te torture ? Tu crois que je ne serais pas prête à mourir pour toi ?

— Non. Ne me dis jamais une chose pareille. Je ne le mérite pas. Ne me redis jamais ça.

— Pourquoi ?

— Parce que je ne le mérite pas. Je ne peux pas me permettre d'avoir une haute idée de moi-même. Je ne peux pas faire comme mon père. Il se considérait comme supérieur à tout le monde et regarde ce qu'il m'a fait. Ce qu'il a fait à ma mère.

— Hercules, tes parents avaient un comportement déviant. Je suis désolée que ta mère ait souffert mais ce n'est pas une excuse. Elle n'aurait jamais dû laisser son fils aux mains d'un tortionnaire. Elle avait de l'argent. Elle aurait pu s'enfuir avec toi. Rechercher la protection des Nations Unies. Il y avait forcément un moyen de te mettre à l'abri.

— Ça aurait déclenché un incident diplomatique. Je n'en valais pas la peine. Le pays aurait plongé dans le chaos…

— Au contraire. Ton pays serait sorti du marasme plus tôt. Ta mère aurait pu dénoncer ses crimes et il aurait été jugé comme le psychopathe qu'il était. À quoi cela lui servait-il de le protéger ? À conserver ses privilèges de reine. Tes parents s'aimaient eux-mêmes plus qu'ils ne t'aimaient, c'est vrai. Mais ce n'est pas l'amour qui est à l'origine de tes malheurs. C'est au contraire le manque d'amour. Tu dois bien en être conscient, non ?

— De toute façon, je ne sais pas aimer.

— Ce n'est pas vrai. Tu sais parfaitement aimer…

— Non. Je ne suis pas fait pour ça. Et je ne suis pas digne d'être aimé.

— Bien sûr que si.

— Non.

Il s'est levé et il est parti. Il a quitté la chambre entièrement nu. Comme si nous n'étions pas dans un palais plein de monde. À cette heure de la nuit les couloirs étaient vides, mais tout de même… Je suis sortie en courant sans prendre le temps de me couvrir mais je n'ai pas vu de quel côté il était parti. Je suis retournée au lit, la mort dans l'âme.

Il ne m'aimait pas. Il ne voulait pas m'aimer.

Et j'avais le sentiment qu'il venait de fermer une porte entre nous de manière définitive.

J'avais renoncé à lui autrefois parce que je le prenais pour un traître. Mais à présent je le voyais tel qu'il était. Le petit garçon traumatisé qui avait peur. Parce que sa mère lui avait donné son amour mais pas sa protection.

J'avais peur mais il fallait que je garde confiance. Que je garde espoir. Je me suis pelotonnée sous les draps et j'ai cherché le sommeil. Demain il faudrait que je sois forte, vaillante. Pour Lily, pour Pelion et pour l'avenir de mon mariage.

Mais pour la première fois depuis ma rencontre avec Hercules, la petite bulle d'espoir qui m'avait toujours accompagnée avait éclaté. Elle m'avait abandonnée au moment où j'en avais le plus besoin.

Alors je me suis raccrochée à la dernière chose qui me restait. L'amour.

Parce que l'amour était plus fort que tout.

J'y croyais et je devais continuer à y croire. Je n'avais pas le choix.

14.

Hercules

Je n'avais pas parlé à Marissa depuis des jours. Je me répétais que j'avais raison. Que j'avais choisi la meilleure attitude.

Elle m'aimait.

Que signifiait l'amour ?

« Je t'aime. »

Ma mère me l'avait dit à chaque fois qu'elle avait quitté le palais. À chaque fois qu'elle m'avait laissé entre les mains de mon père.

Elle m'aimait, mais elle ne m'avait jamais emmené.

Elle m'aimait, mais j'étais le prince héritier.

Elle m'aimait, mais j'étais le fils de Xerxes, pas vraiment le sien.

J'avais été son devoir envers la couronne, et ma naissance lui avait apporté la liberté.

Voilà pourquoi elle m'aimait.

Mais ce qu'elle aimait par-dessus tout c'était sa liberté. Elle avait choisi de vivre sa vie et de voyager à travers le monde pendant que je subissais la torture.

Que valaient les mots d'amour s'il n'y avait rien derrière ?

Qu'est-ce qui clochait chez un enfant pour que sa mère puisse lui dire ces mots avec désinvolture avant de l'abandonner entre les mains de son tortionnaire ?

Je ne savais pas. Je ne comprenais pas.

Ces mots étaient creux. Inutiles.

Et pourtant j'en avais besoin.

Pour Marissa.

Et Lily…

Lily ma propre fille, que j'évitais comme un lâche parce que…

Et si je lui disais ces mots sans parvenir à leur donner du sens ?

Je ne savais même pas à quoi ressemblait l'amour.

J'avais pris l'habitude d'arpenter les couloirs la nuit, parce que je ne parvenais pas à dormir. Mon besoin de Marissa était comme une maladie et je craignais d'aller la retrouver dans un moment de faiblesse. Voilà à quoi elle m'avait réduit. À errer dans mon palais la nuit, rongé par le doute et la frustration.

Soudain j'ai entendu un bruit. Comme un gémissement. J'ai tendu l'oreille pour essayer de discerner d'où il provenait. Il semblait sortir de la gorge d'un enfant. J'ai été interloqué, parce que l'espace d'un instant le seul enfant auquel j'ai pensé c'était moi. À l'époque où il m'arrivait régulièrement de gémir la nuit, brisé par les sévices et la solitude.

Mais je n'étais plus un enfant depuis longtemps. Je me suis ressaisi et j'ai suivi le bruit. Je me suis arrêté devant une porte et son nom a surgi dans mon esprit.

Lily. Bien sûr, c'était Lily.

Ces derniers jours je l'avais repoussée tout au fond de mon esprit, avec Marissa. Mais elle pleurait et il n'était pas question de l'ignorer. J'ai ouvert la porte avec précaution. Elle s'agitait dans son lit, les cheveux ébouriffés et l'air bouleversé.

— Lily.

Je me suis assis sur le lit et j'ai posé la main sur son front.

— Lily…

— Papa !

Elle s'est jetée à mon cou.

— Papa, j'ai rêvé qu'on nous emmenait loin de toi. Loin d'ici.

Je suis resté sans voix. Le pire cauchemar de Lily c'était d'être emmenée loin de Pelion ?

— Je ne veux pas être loin de toi. Je me rappelle quand je ne te connaissais pas. Ce n'était pas aussi bien.

Elle se blottissait contre moi avec une confiance absolue… J'ai été bouleversé. Qui étais-je pour mériter ça ?

Elle était si vulnérable… si fragile…

Elle trouvait que sa vie était plus belle depuis que j'y étais entré.

Elle ne savait pas qui j'étais, ni à quel point j'étais abîmé.

Et pour elle ça n'avait aucune importance.

Elle m'aimait sans retenue, sans avoir besoin de me connaître davantage. J'ai pensé à ce que m'avait dit Marissa.

C'était l'amour pur et généreux d'une enfant.

Un amour instinctif et naturel, qui n'avait même pas besoin d'être gagné.

À son âge j'aurais volontiers grimpé sur les genoux de mes parents et je leur aurais donné moi aussi sans compter mon amour d'enfant. S'ils ne l'avaient pas extirpé de mon cœur, chacun à leur manière, me privant de mon innocence.

— Je n'arrive pas à dormir, a dit Lily.

— Tu n'as pas essayé.

— Je sais que je ne vais pas y arriver. Tu veux bien me chanter une chanson ?

— Une chanson ?

Mon cœur s'est mis à battre à grands coups.

— Je ne chante pas.

— Tout le monde chante.

Que répondre à cela ?

J'ai fouillé dans ma mémoire pour essayer de trouver une chanson qui pourrait plaire à une enfant de quatre ans. La seule chose qui m'est venue à l'esprit était une comptine que me chantait ma nurse quand j'étais tout petit. À l'époque où j'avais encore une nurse… La seule personne qui apportait un peu de douceur dans mon univers.

C'était une comptine grecque, si bien que j'ai tenté maladroitement de traduire les paroles au fur et à mesure.

Chère enfant, chère enfant, ne pleure pas
Chère enfant, chère enfant, compte les étoiles dans le ciel
Chère enfant, chère enfant, ferme tes paupières
Chère enfant, chère enfant, repose-toi dans mon cœur
Parce que je t'aimerai jusque dans tes rêves

— Promis ? a-t-elle murmuré d'une voix endormie.

— Promis.

J'étais sincère. Je l'aimerais. Je la protégerais. Je me battrais contre des armées entières pour elle.

Et ça, personne ne l'avait fait pour moi…

Mais c'était leur échec, pas le mien.

Mon père m'avait pris dans ses bras quand j'avais l'âge de Lily. Et il m'avait pincé pour commencer à m'habituer à la douleur.

J'ai caressé la joue de Lily. Je ne pouvais pas concevoir de lui faire mal. Et encore moins d'ordonner à d'autres de s'en charger. J'étais prêt à tuer quiconque toucherait à un cheveu de sa tête.

Ma gorge était nouée.

Marissa m'avait regardé avec amour et confiance autrefois. Et c'était seulement ici, assis sur le lit avec notre fille dans les bras que j'en prenais conscience.

La première fois qu'elle m'avait vu. Spontanément, sans chercher à comprendre ce qui se passait entre nous. Un amour absolu. Une confiance absolue.

Je n'avais même pas su le voir. Ensuite elle s'était retrouvée seule et enceinte, meurtrie par mon absence, persuadée que je l'avais rejetée. Et quand je l'avais retrouvée je n'avais rien trouvé de mieux à faire que de la traiter en coupable comme tant d'autres avant moi.

Mais elle m'avait quand même épousé. Sans chercher à me punir en me privant de ma fille.

Puis elle m'avait de nouveau offert son corps.

Son amour.

J'ai été soudain bouleversé par cet amour infini que je serais incapable de gagner.

Cet amour qu'elle ne me demandait pas de gagner.

L'amour.

J'avais toujours été convaincu qu'il n'existait pas. Parce que j'avais toujours été incapable de le voir, alors qu'il était sous mes yeux. Comment avais-je pu être aussi aveugle ?

Quand j'ai eu la certitude que Lily dormait, j'ai déposé un baiser sur ses cheveux, puis j'ai quitté la chambre.

Il était minuit et Marissa devait dormir mais c'était urgent. Ça ne pouvait pas attendre.

Je suis entré sans frapper. En ouvrant la porte de sa chambre j'ai été pris par une évidence. Elle ne pouvait pas rester dans cette chambre.

Nous avions besoin d'une chambre à nous.

— Que fais-tu ici ?

Elle ne dormait pas. Assise au bord du lit en chemise de nuit, elle me regardait d'un air interloqué.

— Il faut que nous parlions.

— Il est plus de minuit.

— Je sais, mais tu ne dors pas.

— Non. Je n'arrive plus à dormir. Depuis…

— Je sais.

Je l'ai rejointe et je me suis agenouillé devant elle.

— Lily a fait un cauchemar.

— Oh ! non. Elle va bien ?

— Oui. Elle est… Elle est belle. Elle est fantastique, Marissa.

Ma voix s'est brisée.

— Marissa, je… Je ne savais pas. Je ne connaissais rien à l'amour. Je n'avais pas conscience de l'amour qu'un enfant pouvait avoir pour ses parents, parce que j'avais oublié. Les miens m'ont volé l'amour qui était en moi. Ils me l'ont arraché. Ils m'ont amputé, maltraité, abandonné. Et je me croyais mauvais, insensible.

« Mais quand j'ai vu Lily pleurer, si vulnérable, si fragile… J'ai mesuré le degré de cruauté qu'il fallait avoir pour maltraiter un enfant. Et j'ai compris que je n'étais pas comme eux. Toi et Lily… vous m'avez ouvert les yeux sur l'amour. Vous me l'avez fait toucher du doigt. Tu es incroyable, Marissa. Inébranlable. Unique. Tu m'as tant donné… Tu m'as sauvé. »

— Hercules… Je… Je t'aime depuis le jour de notre rencontre, et je suis certaine que tu m'as aimée toi aussi dès le premier regard. Je le sais.

— Oui, c'est vrai. Je t'aime depuis le début. L'amour m'a saisi dès le premier jour, mais je ne l'ai pas reconnu parce que je n'en avais jamais fait l'expérience. Mais aujourd'hui j'ai enfin ouvert les yeux.

— Notre amour est bien réel. Et il vaut la peine qu'on se batte pour lui. Qu'on s'y accroche. Même si aucun de nous deux n'est parfait. L'amour n'a rien à voir avec la perfection. Mon père m'a élevée dans l'idée que je devais atteindre un idéal de perfection, mais dans cet idéal il n'incluait ni l'amour ni la joie. Nous, nous allons remplir notre vie d'amour et de joie. C'est ça qui est important, pas la perfection.

— J'ignorais ce qu'était l'amour, mais à présent j'ai envie de passer le reste de ma vie à le découvrir avec toi.

— Moi aussi. C'est mon vœu le plus cher.

— Je t'ai dit que je ne croyais pas aux choses que je ne pouvais pas voir ni toucher. Mais je te vois, Marissa. Je vois ton amour pour moi. Je le sens. Et je sens… mon amour pour toi. Je t'aime, Marissa. Et je veux que tu saches…

Maintenant que mon père est mort, nous ne sommes pas obligés de rester mariés. J'ai été couronné. Lily est légitimée.

— Tu… n'es pas en train de suggérer que… que nous divorcions ?

— Non, bien sûr. Jamais. Mais je veux que tu saches que je ne reste pas marié à toi par intérêt, pour la perpétuation de la lignée. Il n'y a plus de problème de succession. Mon pays n'est pas en péril. Tu es libre de partir et je suis libre de te demander de partir. Mais je ne te le demanderai pas et j'espère que tu vas rester.

— Bien sûr que oui. Tu le sais bien.

Elle a pris mon visage dans ses mains.

— Tu sais que je resterai avec toi pour toujours.

— Je t'aime.

C'était la première fois que je disais ça à quelqu'un. Je l'ai répété.

— Je t'aime. Et j'aime Lily.

Ma gorge s'est nouée.

— Il faut que j'aille le lui dire. Maintenant.

Marissa a pouffé.

— Non. Ça peut attendre demain.

— Ce n'est pas mon sentiment. Tout me semble si urgent. Si… Je suis fébrile. Je n'ai jamais rien ressenti de tel. Je t'aime.

Elle a eu un sourire malicieux.

— Si tu es fébrile, on peut peut-être essayer de trouver un moyen de t'apaiser… Ensemble.

Elle m'a pris dans ses bras et nous avons basculé sur le lit. Pas seulement comme deux amants brûlant de désir sur une plage, pas seulement comme un couple marié, mais comme un homme et une femme éperdument amoureux.

Épilogue

Marissa

Voir le regard ébloui d'Hercules devant son fils au moment de sa naissance a été un bonheur indicible. Lily était si heureuse d'avoir un petit frère qu'elle avait du mal à contenir son excitation. Ma mère avait fini par repartir avec elle quelques heures plus tôt.

Nous étions donc en tête à tête, Hercules et moi, dans la chambre de la maternité privée.

— Je suis très heureuse que tu aies assisté à l'accouchement. Que tu aies été présent cette fois.

— Moi aussi, a-t-il répliqué d'une voix rauque, sans quitter Leonidas des yeux.

Un prénom très imposant pour un bébé aussi minuscule.

— Tu as un fils.

— Et une fille, a-t-il dit aussitôt. Je les protégerai tous les deux jusqu'à mon dernier souffle. Et ils ne douteront jamais de mon amour pour eux.

— Non, ils ne pourront pas en douter, en effet.

Notre vie baignait dans un amour si flagrant que personne n'aurait eu l'idée de le mettre en doute. Hercules était le meilleur roi, le meilleur mari et le meilleur père du monde.

J'étais si heureuse que ça dépassait l'imagination.

Depuis des mois nous découvrions jour après jour une

des qualités les plus merveilleuses de l'amour. Il ne cessait de grandir. Il était sans limites.

J'ai enveloppé mon mari d'un regard ébloui et j'ai été transportée cinq ans en arrière.

Je n'oublierai jamais la première fois que j'ai vu le prince Hercules sur une plage de Medland.

Aujourd'hui le roi Hercules. Qui avait un prénom de dieu, mais qui pour mon plus grand bonheur était un homme.

L'homme que j'aimais.

Retrouvez prochainement,
dans votre collection

AZUR

Le jeu d'une amoureuse, de Pippa Roscoe - N°4356

Quatorze jours. C'est le délai dont Sia dispose pour prouver que le duc Sebastian Rohan de Luen a dérobé une célèbre toile avant de la remplacer par un faux. L'enjeu est de taille, puisque la carrière et la réputation de Sia sont en jeu : c'est elle en effet qui a expertisé la Femme amoureuse pour la Maison d'art Bonnaire ! Hélas, bien que Sebastian lui soit manifestement nocif, elle éprouve en sa présence des émotions intenses. Des sentiments dangereux qui pourraient bien altérer son jugement, si elle n'y prend pas garde…

**L'enfant d'un prince du désert,
de Sharon Kendrick- N°4357**

Caitlin est sous le choc quand elle voit débarquer chez elle le roi Kadir al-Marara. Si tous deux ont eu une liaison quatre ans plus tôt, elle le croyait sorti de sa vie pour toujours. Hélas, son pire cauchemar est en train de se réaliser : Kadir a découvert son secret – le petit garçon né de leur amour impossible. Et il exige aujourd'hui d'emmener avec lui son héritier ! La peur au ventre et craignant d'être séparée de Cameron, Caitlin accepte de suivre Kadir dans ce pays de sable dont son enfant sera un jour le roi…

**Contrat avec un milliardaire,
de Michelle Smart - N°4358**

Alors qu'elle se rend à une audition, Mia découvre avec stupeur qu'elle est la seule candidate. Mais sa surprise grandit encore quand l'homme sublime qui la reçoit, Damiàn Delgado, lui propose un rôle sur mesure : incarner sa fiancée le temps d'un week-end. Si elle parvient à convaincre la famille de Damiàn qu'elle est follement amoureuse de lui, elle touchera une fortune ! Incapable de refuser une offre aussi généreuse, Mia accompagne Damiàn dans la principauté de Monte Cleure…

Une farouche princesse, de Millie Adams - N°4359

L'objectif du prince Javier de la Cruz est simple : ramener Violet King dans son pays, où elle épousera son frère. Seulement voilà, la belle héritière s'y oppose catégoriquement, pour la bonne raison que ce mariage a été négocié par son père sans même qu'elle soit mise au courant. Mais il y a pire encore : à peine Javier pose-t-il les yeux sur la farouche jeune femme qu'il sent un désir fulgurant l'assaillir. Alors qu'il brûle de conquérir Violet, comment accepter qu'elle puisse bientôt appartenir à un autre ?

Le mariage de Dora, de Louise Fuller - N°4360

Dora aime plus que tout le petit Archie, dont elle est aujourd'hui la tutrice. Le bébé est en effet sa seule famille. Aussi, quand l'impitoyable Charlie Law revendique la garde de l'enfant, est-elle prête à se battre contre lui. Une bataille qu'elle redoute de perdre, hélas, tant les moyens du milliardaire sont vastes, comparés aux siens. Désespérée, elle se résout à accepter le marché insensé que lui propose bientôt Charlie : elle pourra faire partie de la vie d'Archie... à condition de l'épouser !

Tentation grecque, de Michelle Douglas - N°4361

La mer, les fleurs odorantes, le chant des oiseaux... L'île grecque sur laquelle séjourne Audra est le cadre parfait pour se ressourcer et panser ses blessures. Du moins le croit-elle, car bientôt surgit dans sa villa Finn Sullivan, le meilleur ami de son frère. Si elle l'accueille bien volontiers sous son toit, elle redoute déjà leur cohabitation. Tous deux se connaissent si bien, trop bien. Mais pas encore assez, si Audra en croit le désir inouï qui rugit dans ses veines chaque fois que Finn s'approche d'elle...

Le séducteur de Bollywood, de Tara Pammi - N°4362

SÉRIE : *PASSION À BOLLYWOOD* - 1/2

Vikram est l'acteur le plus en vogue de Bollywood ; Naina, la modeste assistante qui travaille dans sa somptueuse propriété de Raawal Mahal. Mais, au cours d'un bal masqué, tous deux ne sont brusquement plus qu'un homme et une femme en proie au désir. Une danse, une nuit d'amour, et les voilà liés intimement. Mais quelques heures de plaisir peuvent-elles bouleverser l'ordre établi et rapprocher deux mondes que tout oppose ? Naina, sous le charme du très sexy Vikram, a tellement envie de croire à cet amour impossible...

**Séduite par son garde du corps,
de Susan Meier - N°4363**

SÉRIE : *LES MILLIARDAIRES DE MANHATTAN* - 2/3

Un garde du corps ? Jamais Charlotte n'aurait imaginé avoir besoin qu'un homme veille sur elle. N'est-elle pas une femme indépendante ? Seulement voilà, lorsque Jace MacDonald lui révèle qu'elle est l'héritière secrète d'un célèbre milliardaire, elle accepte sa protection rapprochée jusqu'à New York. Lui seul saura tenir à l'écart les paparazzis qui gravitent autour de sa toute nouvelle famille. Très vite pourtant, Charlotte regrette sa décision. Car les élans de son cœur pour Jace lui paraissent bien plus dangereux encore que les menaces qui pèsent sur son héritage...

Une nuit à Kildare House, d'Abby Green - N°4364

SÉRIE : *LA DYNASTIE MARCHETTI* - 1/3

Maggie s'est toujours crue immunisée contre la séduction des hommes riches et puissants. Elle en a côtoyé suffisamment pour connaître leurs travers. Pourtant, lorsqu'elle rencontre le mystérieux Nikos Marchetti, propriétaire de Kildare House dont elle est la gouvernante, elle sent son cœur battre follement et ses certitudes vaciller. Au point qu'elle cède à la passion que Nikos lui inspire, durant une nuit magique. Une nuit qui n'est pas sans conséquence, car bientôt Maggie découvre qu'elle attend un enfant de Nikos…

Si proche du roi, de Jackie Ashenden - N°4365

SÉRIE : *LA COURONNE D'AXIOS* - 1/2

Calista est soldat, membre d'élite de la garde royale. Sa mission est cruciale : veiller à la sécurité de Xerxes Nikolaides, prince d'Axios. C'est un honneur pour elle, mais une douce torture aussi. Car, pour son malheur, Xerxes est l'homme le plus beau que la Terre ait porté – et il le sait. Réputé pour être le plus grand don Juan d'Europe, cet homme aime les femmes comme le scandale. Calista doit donc veiller sur sa personne et sa réputation ! Si tant est qu'elle soit capable de ne pas rejoindre elle-même le rang de ses admiratrices et maîtresses…

La caresse de son ennemi, de Rachael Thomas - N°4366

Voilà un an que Sébastien, son frère adoré, est mort. Un an que Charlie n'a plus trouvé le repos. Comment un talentueux pilote de course a-t-il pu avoir un accident lors d'un simple tour d'essai ? Une question qu'elle tient à tout prix à éclaircir. Aussi, lorsqu'elle est invitée en Italie par le partenaire en affaires de Sébastien pour assister au lancement du véhicule conçu par son frère, décide-t-elle d'accepter. Tant pis si Alessandro Roselli la trouble plus qu'aucun autre homme avant lui : elle sera assez forte pour se consacrer uniquement à son enquête. C'est pourtant sans compter sur le désir qui brille dans les yeux d'Alessandro. Prise au piège de la tentation, Charlie retrouve sous le regard de cet homme mystérieux les mêmes sensations qu'au volant d'une voiture de course : plaisir intense et ivresse du danger…